악마의 음악

OTHER VoICES

경우 勁雨 현대 판타지 장편소설

WISHBOOKS MODERN FANTASY STORY

악마의 음악 2
OTHER WORKS

경우勁雨 현대 판타지 장편소설

초판 1쇄 찍은 날 | 2018년 11월 5일
초판 1쇄 펴낸 날 | 2018년 11월 12일

지은이 | 경우
펴낸이 | 예경원

기획 | 위시북스
편집책임 | 이규재
편집 | 위시북스

펴낸곳 | 예원북스
등록번호 | 제396-2012-000132호
등록일자 | 2012. 7. 25
KFN | 제1-327호

주소 | 경기도 고양시 일산동구 호수로 646-24 위너스21 II 빌딩 206A호 (우)10401
전화 | 031-819-9431 팩스 | 031-817-9432
E-mail | yewonbooks@naver.com

ⓒ경우, 2018

ISBN 979-11-89564-48-3 04810
　　　979-11-89564-46-9 (set)

CONTENTS

◈ 1장 ◈
섬마을 로맨스

　아침 6시 14분, 전라남도 목포항에는 어슴푸레 새벽을 밝히는 태양이 그 모습을 드러내고 있었다.

　건은 병준과 연주, 상미와 함께 Starcraft 밴에 몸을 싣고 있었다. 상당히 고가의 차량이었으나, 운용자금 30조 원이 넘는 팡타지오에서는 건의 편의를 위해 최상의 차량을 제공하였다.

　연주는 여행용 가방에 건의 옷가지를 챙겨 넣으며 말했다.

　"건아, 우리 진짜 안 가는 거야? 거기 가면 너 코디는 누가 해? 메이크업도 안 하는 거야?"

　건이 그런 연주를 보며 싱긋 웃었다.

　"거기 좁대요. 스텝도 최소 인원으로만 간다고, 개인 스텝은 오지 말라고 하시더라고요. 각자 짐 챙겨서 들어가는 거고 저희가 살 집도 네 명만 들어가도 꽉 찰 정도로 작고 아담한 집이래요. 메이크업도 처음 배 타러 모일 때 정도만 하고, 들어가고 나서는 거의 안 한대요. 리얼 예능이라 그런가 봐요."

병준이 운전석에서 룸미러로 뒤를 보며 말했다.

"그래, 우린 서울로 올라갔다가 너 나오기 이틀 전부터 목포와서 대기할 거야. 혹시 무슨 일 생기면 바로 전화해. 헬기라도 띄워서 갈 테니까. 특히 몸이 아프다거나 할 때는 반드시 연락해야 해 알았지?"

상미는 건 옆에 앉아 메이크업 도구 상자에서 화장 붓을 꺼내 건의 얼굴을 빤히 바라만 보고 있었다. 연주가 그런 상미를 보며 말했다.

"뭐해, 언니? 촬영 시작 10분밖에 안 남았어. 빨리해야지?"

상미는 멍하게 건의 얼굴을 보며 중얼거렸다.

"뭘 어디를, 어떻게 건드려야 할지 모르겠어…… 어디에 뭘 덧칠해야 지금 얼굴보다 나아질지 전혀 감이 안 와."

연주는 상미의 이야기를 듣더니 갸웃하며 건의 얼굴을 보다, 이내 웃음을 지었다.

"하긴, 가만있어도 작품이긴 하지. 어떻게 피부가 저렇게 하얗고 잡티 하나 없지? BB도 안 바른 거지, 지금? 저 입술 봐. 어떻게 저렇게 선홍색 입술이 있을 수 있을까? 건이 넌 화장품 광고하면 노 메이크업으로 나가도 다 메이크업한 줄 알 거야

아마."

건은 상미와 연주의 말에 부끄러워져 얼굴을 살짝 붉혔다. 건이 곤란해 하는 걸 느낀 병준이 말했다.

"메이크업 필요 없으면 하지 마. 어차피 들어가면 못 한다잖아. 촬영 직전에 선배들 찾아가서 인사하는 게 예의니까 그만 나와. 연주는 캐리어 챙겨서 나오고."

건은 병준과 같이 차에서 내렸다. 예상처럼 차에서 내릴 때부터 VJ가 따라붙었다.

건은 카메라 감독을 보며 자연스럽게 인사했다. 사전 회의에서 이미 얼굴을 익혀 두었기 때문이다.

"안녕하세요, 권렬 형. 시간에 맞게 온 건가요? 선배님들 아직 안 오셨죠?"

VJ가 답을 하려는 찰나 약간 떨어진 곳에서 영석이 말했다.

"야, 건아! 이쪽으로 와. 휘이 넌 점점 더 잘생겨지냐?"

너스레를 떠는 영석 쪽을 보니 상원과 해신이 이미 나와 있었다.

건은 멀리서부터 90도로 인사를 하며 셋에게 다가갔다. 이미 메인 카메라가 풀 샷을 찍고 있었고 셋은 자연스레 이야기를 나누었다

상원이 놀란 눈을 뜨며 건을 아래위로 쳐다봤다.

"응? 네가 건이니? 너, 뭐 모델이야? 키 왜 이렇게 커? 얘 가

수라고 하지 않았어, 영석?"

188㎝의 키를 가진 모델 출신 배우 상원보다 1㎝ 작은 건은 실제 모델과 견주어도 다를 바 없는 피지컬을 가지고 있었다.

174㎝가량의 키를 가진 해신은 상원과 건을 번갈아 가며 보며 말했다.

"아니, 차. 내가 10년 넘게 당신 봐 왔는데, 어디 가서 비주얼로 밀리는 걸 본 적이 없거든. 으허허허허, 오늘 완전 밀리네, 나이도 외모도."

상원이 눈을 게슴츠레 뜨며 해신을 째려보았다.

"나이가 들어서 그래, 나이가. 나도 얘 나이 때는 얼굴에서 광이 났어, 광이."

해신이 상원이 삐치려고 하자 눈치를 보며 실실 웃었다.

"그래 그랬지. 건이라고 했지? 잘 부탁혀, 나 알아?"

해신이 손을 내밀며 말하자 건이 손을 맞잡으며 말했다.

"그럼요, 선배님. 정말 존경합니다. 상원 선배님도, 해신 선배님도요."

해신이 껄껄대며 웃었다.

"으허허허, 존경은 무슨. 예의가 있네, 우리 건이가. 입바른 소리도 할 줄 알고 엉?"

분위기가 화기애애한 와중에 준호가 도착했다. 준호는 해신과 비슷한 키에 연예인이라기보다 치킨집 주인아저씨 같은 느낌의 온화한 인상을 주는 이였다.

상원과 해신보다는 형님이었는지라 둘이 튀어 나가 준호의 짐을 받아 들었다. 건 역시 짐 하나를 받아 들며 반갑게 인사했다.

"어이구, 준호 형. 오랜만이우."

"안녕하세요, 함준호 형님. 해신이라고 합니다."

"안녕하세요, 선생님. 김 건이라고 합니다. 잘 부탁드립니다."

준호는 환대에 쑥스러워하며 말했다.

"어 그래, 그래요. 상원이 오랜만이네. 해신 씨는 처음 뵙네요. 잘 좀 부탁합시다. 예능은 많이 안 해봐서. 그리고…… 이쪽은 김 건 씨구나? 요새 인기 장난 없던데, 나 안티 팬 안 생기게 잘 좀 부탁해요, 응?"

셋이 반갑게 인사하는 그림을 따자 영석이 손뼉을 치며 말했다.

"자자, 이제 배 시간이 다 되었네요. 배는 한 여섯 시간 정도 타야 해요. 뱃멀미 심한 분들 미리 약 드시고요, 목포 남동쪽 105㎞ 거리이고, 흑산도보다 45㎞쯤 더 먼 곳입니다. 우리나라에서 배를 타고 가야 하는 섬 중 가장 먼 곳이에요.

약 40호가량의 가정이 있고 100명이 안 되는 인원이 자급자족에 가까운 삶을 사는 곳이라 우리 역시 그곳에서 기초 생활 물품 외 먹는 것은 전부 자급자족해야 합니다."

넷은 부산히 움직여 크루즈 선에 몸을 실었다. 만재도에 가는 배는 하루 단 한 대뿐이라서 그 배를 놓치면 촬영이 모두 밀리게 되기 때문이다.

건은 배 아래에서 손을 흔들어 대는 연주와 상미에게 웃으며 손을 흔들어 준 후 무거운 캐리어를 들고 배 안으로 들어갔다.

배 안에서는 자연스레 두 명씩 앉게 되었는데 어색해하는 준호를 배려해서인지 상원과 준호가 함께 앉아 있었고 해신이 혼자 앉아 있다, 건이 들어오니 웃으며 옆자리를 두들겼다.

"어! 건 아. 여기, 여기, 여기 앉아."

건이 웃으며 옆자리에 앉아 해신이 말했다.

"기사 봤어, 중국에서 인기 엄청 나더만. 부러워, 아주 그냥. 오늘 여기 온 거도 중국에 뉴스 나간 거 한국 애들이 퍼다 나르던데, 봤어?"

건이 고개를 갸웃하며 물었다.

"중국 뉴스요? 그걸 한국에다가도 올리나요? 아직 못 봤는데……"

해신이 실실 웃으며 스마트폰을 내밀었다.

"중국이 시끄러우니까 한국 기자가 옮겼겠지. 이거 봐, 영석이 곧 아파질지도 모르겠네, 어허허허."

[김 건, 삼시 세끼 합류! 만재도로 몰리는 중국 팬들]

작성자 : 박진영 기자

중국에서 한류의 선풍적인 인기에 다시 한번 새 바람을 불러일으킨 가수 김 건이 KVN의 새 예능 '삼시 세끼'에 전격 합류했다. 삼시 세끼는 드라마 추종으로 대중에게 알려진 스타 PD 김영석이 메가폰을 잡은 예능으로 리얼 다큐멘터리를 지향하는 새 예능이다.

이 소식은 한국보다 중국에 먼저 알려져, 많은 팬이 한국으로 입국하고 있다는 소식이다.

만재도는 목포항에서 배로 여섯 시간 이상 걸리는, 대한민국에서 가장 먼 섬으로 외부에 그 존재가 많이 알려지지 않아 민박이나 호텔 등 숙박 시설이 전무한 곳이기에 중국 팬이 몰릴 경우 문제의 소지가 있을 것으로 예상된다.

또, 중국 팬 중 한국을 거쳐 만재도로 가는 것보다 중국 민간 어선을 타고 밀항을 시도하고 있는 팬들도 있는 것으로 알려져 화제가 되고 있다.

해경은 이와 관련하여 촬영 기간 중 경계 강화 등급을 상향하도록 지시하였다. 이는 김 건 씨의 중국 인기를 실감케 하는 것으로 한국의 팬들 역시 흥미로운 눈길로 이를 지켜보고 있다.

무단 전재 및 재배포 금지.

♪♫

만재도로 가는 배는 소형 크루즈로 약 50여 명을 태울 수 있는 중소형 선박이라, 먼 바다로 나갈수록 배의 진동이 커졌다.

높은 파도를 견디기에는 작은 배였기 때문인데, 가거도를 거쳐 만재도로 들어가는 인원이 그리 많지 않기에 이 선박도 평상시에는 대여섯 명의 승객만을 싣고 운항한다고 한다.

배의 진동이 심해지자 스텝들이 하나둘씩 뱃멀미로 드러누웠다.

해신은 워낙 자연 친화적인 인간이라 뱃멀미를 하지 않는지 다리를 주욱 펴고 까딱거리며 음악을 듣고 있었고, 상원과 준호는 벌써 세 번이나 화장실로 뛰어가 구토를 하고 와 자리에 축 늘어져 있었다.

건은 처음 타는 배였지만 다행히 뱃멀미는 없는 체질인지 스마트폰으로 음악을 듣고 있었다.

영석이 해신을 툭툭 치고 뒷자리를 보라고 하자, 해신이 뒷자리에 늘어져 있는 상원과 준호를 보고 걱정이 되었는지 일어나 상원의 허벅지를 건드리며 말했다.

"차! 많이 안 좋은겨? 이거 어째, 아직 두 시간은 더 가야 할 텐데."

상원은 실눈을 뜨며 말했다.

"아우 말 시키지 마, 오바이트 쏠려."

건도 뒤를 돌아보자 해신이 건을 한번 돌아보고 말했다.

"내가 책에서 봤는데 말이야, 멀미의 원인이 불규칙 적인 움직임으로 인해서 이 귀, 귀에 세반고리관에 림프액이 전달 돼서 그런거랴. 이 불규칙한 진동이란 놈이 눈이랑 귀로 전해져서 그런 거지. 응? 저 봐, 건이는 음악 들으니까 멀미 안 하잖아. 차도 노래를 한번 들어봐, 눈 감고. 엉?"

상원이 여전히 실눈을 뜬 상태로 손을 휘휘 저었다.

"아휴, 귀에 이어폰 꽂을 힘도 없어. 말 시키지 마러."

그나마 대답이라도 하는 상원에 비해 더 나쁜 상황인지 준호는 미동도 없이 얼굴만 찌푸린 채 늘어져 있었다. 해신은 걱정스럽게 둘을 보며 말을 이었다.

"그러지 말고……. 내 말 한번 믿어봐, 응?"

상원은 얼굴을 찌푸리며 말했다.

"아 쫌. 힘없다니까, 그럼 노래 불러 줘봐 들어줄 테니까."

해신이 황당한 듯 웃었다.

"뭐? 노래를 불러? 여기서? 어허허허허허."

해신이 고개를 이리저리 돌리며 주위를 보며 계속 웃었다. 그 모습이 웃겼는지 상원도 미미하게 웃으며 말했다.

"건아, 네가 노래 한 곡 해봐라. 괜찮아지면 다행이고, 아니면 말고."

건이 앞자리에서 뒤를 돌아본 채 깜짝 놀랐다.

"예? 여기서요?"

상원이 여전히 실눈을 뜬 채 건을 보며 고개를 끄덕였다.

"이 형, 죽는다, 건아! 너 요리할 줄 알아? 여기 네 명 중에 요리하는 거 나밖에 없어. 나 여기서 죽으면 너 해신 씨랑 둘이 만재도에서 2주 동안 눌은밥에 김치만 퍼먹어야 해. 얼른 해봐, 얼른."

건이 당황한 표정으로 상원과 준호를 번갈아 보다, 영석을 바라보니 영석은 아무 말 없이 웃으며 손가락을 빙빙 돌리며 고개를 끄덕였다. 카메라가 돌아가고 있기에 손짓으로 의사를 전한 것이다.

건은 자신의 스마트폰을 보며 어떤 노래를 불러야 할지 찾아보다 고개를 들고 말했다.

"그럼…… 여기 주무시는 분들도 있으니 좀 작게 부를게요."

해신이 반색하며 말했다.

"오! 진짜 하려고? 으허허허, 이래서 젊은 게 좋은거. 그래그래, 무슨 노래하려고?"

건이 가져온 기타를 꺼내며 말했다.

"제가 아직 기타를 배운지가 얼마 안 되어서 어려운 곡은 못하고요, 함준호 선생님도 계시고, 마침 우린 바다 위에 있으니까…… 시인과 이장의 '푸른 바다'를 불러 보려고요."

준호는 자신의 노래를 한다고 하자 겨우 실눈을 뜨고 건을 바라봤다.

건은 기타를 들고 바다가 보이는 창가 자리로 가 걸터앉았다. 살짝 조율하는 시간을 가지는 건을 승객들이 모두 보고 있고, 상원과 준호 역시 고개는 못 돌리지만, 곁눈질로 보고 있었다.

건은 목을 가다듬고 창밖의 바다를 보았다.

아직 어린 자신이 이해할 수 있는 곡인지는 모르겠지만, 저 바다를 보며 40대의 아저씨들은 친구와 함께하는 이 여행에 대해 어떻게 생각할지를 떠올리며 기타를 튕기기 시작했다.

비교적 쉬운 코드로 진행되는 아르페지오가 울려 퍼지자 깨어 있던 승객들과 멀미로 널브러진 스텝들도 고개를 돌려 건을 보았다.

건은 자신의 노래로 상원과 준호가 나아지길 바라는 마음으로, 창밖의 파도 치는 바다를 보며 숨을 내뱉었다.

너무 많은 파도가 불어왔나 봐.
…….

낮게 깔리는 건의 목소리는 그리 크지 않은 선내에 울려 퍼졌고, 사람들은 크게 고음을 지르는 부분이 없는 편안한 노래를 들으며 눈을 감았다.

짧은 노래였지만 노래를 하는 도중 사람들의 표정이 조금씩 나아지는 것을 본 건이 노래를 끊지 않고 세 번을 반복해서 불렀다.

건과 승객들을 찍고 있는 카메라 감독은 두 번의 노래가 반복되었을 때 자기도 모르게 졸다 카메라를 떨어뜨릴 뻔하고는 화들짝 놀라 주위를 보았다.

뱃멀미에 시달리지 않아 카메라를 들고 있는 스텝은 자신을 포함한 단 세 명. 그마저도 졸린다는 표정으로 연신 자신의 뺨을 때리고 있었고, 오디오 스텝은 마이크 스탠드를 잡은 채로 자고 있었다. 멀쩡해 보이는 것은 메인 PD인 영석뿐이었다.

멀미로 고생하던 상원도,

상원과 준호를 걱정하던 해신도,

그리고 이곡의 원주인인 준호도,

건의 노래를 듣고 있던 몇 안 되는 승객들도,

모두 편안한 표정으로 잠이 들었다.

영석은 주위를 둘러보다 노래를 끝낸 건을 보며 고개를 끄덕인 후 카메라 감독에게 말했다.

"됐어, 여기까지 찍으면 됐으니 VJ들도 쉬어. 두 시간만 자자, 모두. 도착하면 또 강행군이니까."

멀쩡해 보였던 영석은 자리에 앉자마자 곤한 잠에 빠져들었다.

두 시간 후 배는 만재도 앞바다에 도착했다.

만재도의 항구는 좁아 중형 이상의 선박이 입항할 수 없었기에 일행은 소형 고깃배를 접선해서 갈아탄 후 짧은 항해를 하고는 드디어 땅을 밟았다.

만재도는 정말 작은 섬이었다. 멀리서 본 것도 아닌, 바로 앞바다에서 고깃배로 갈아타는 도중에 바라본 만재도는 고즈넉한 산을 뒤로하고 작고 알록달록한 지붕을 가진 집들이 옹기종기 모여 있는, 한눈에 다 들어오는 섬이었다.

건의 노래를 들으며 두 시간의 휴식을 가진 이들은 건의 노래 때문인지, 땅을 밟은 것에 대한 기쁨인지 모두 밝은 표정이었다.

영석은 항구에 구경 나온 섬사람들에게 묵례하고 빠르게 지시를 내렸다.

"연기자들, 여기 잠깐 대기할게요. 캐리어 이쪽에 두고 잠깐

쉬세요. AD야! 집에 올라가서 상주팀한테 카메라, 오디오 세팅 다 되어 있는지 체크하고 무전해. VJ들은 각자 담당 연기자 옆에 계시고요, 지금부터 24시간 카메라 돌립니다. 절대 끊어 가는 거 없어요. 밤에도 설치형 카메라 잘 도는지 수시로 체크해 주세요."

잠시 후 뛰어 올라간 AD의 무전이 오자 영석이 말했다.

"자 이제 입도하는 영상 찍을게요. 해신이 형 슬레이트 대용 박수 한 번만 쳐 주세요."

해신이 익살스러운 웃음을 지으며 손뼉을 치고 연기자들은 각자의 짐을 챙겨 들고 섬마을 사람들에게 인사를 하며 집으로 올라갔다.

파란 지붕을 가진 집은 좁은 골목을 지나 자전거 한 대가 겨우 지나갈 만한 입구를 돌아가야 들어갈 수 있었지만, 집 앞 평상에 앉아 바다를 한눈에 볼 수 있는 아담하고 멋진 집이었다.

건은 작은 방에 짐을 풀러 들어갔다 작은 강아지 한 마리와 고양이 한 마리를 발견하고는 밝게 웃으며 짐 정리도 잊고 한참을 놀았다.

섬에 미리 와서 대기하고 있던 상주팀 막내 작가는 그런 건을 보고 고개를 갸웃했다.

"응? 산체야 워낙 사람을 좋아하는 강아지니까 그렇다 치고, 저 도도한 별이가 웬일이지? 사람이 들어와도 본체만체하던 애가 왜 건 씨한테만 저렇게 애교를 피우지? 이상하네, 쟤? 어머 어머 쟤봐."

막내 작가의 눈에 바닥에 누워 배를 보이고 건의 손을 가지고 장난을 치는 별이가 들어왔다. 별이는 고양이가 사람과 노는 정도 수준이 아닌 완전한 복종의 의미를 가진 행동을 취했다.

고양이란 동물은 아프리카에서 야생으로 살다 고대 이집트나 메소포타미아 지대에서 발생한 문명에 따라 고양이의 먹이인 쥐가 인간의 거주 지역에 많이 서식하여 이를 잡아먹기 위해 인간과 공생해 왔다.

4, 5천 년 전의 건설된 것으로 추정되는 이집트 무덤에서는 정성스럽게 매장한 고양이 뼈가 발굴될 정도로 고대 문명에서는 지옥과 인간의 경계를 넘나드는 영물로 인식되었다.

별이는 이제 한 살도 안 된 고양이지만, 본능적으로 건에게서 미증유의 힘을 느끼고는 저 자세를 취하는 것이었다.

자신은 털 한 올도 곤두세우지 못할 엄청난 힘을 느끼고 일순간 겁을 먹었지만 웃으며 다가와 호감을 표하는 건에게 자신이 할 수 있는 최고의 복종 표시를 하는 것이다.

건은 한참 고양이와 놀다 자신이 이 집단에서 막내인 것을 상기하고는 급하게 트레이닝복으로 갈아입은 후 밖으로 나왔다.

밖에서는 상원이 장독대를 하나하나 열어보며 재료들을 보고 있었고, 해신은 장작더미를 체크하고 있었다. 준호는 뭘 해야 할지 몰라 평상에 앉아 둘을 바라보고 있었다.

건은 상원의 옆으로 가 물었다.

"상원 선배님, 뭐 도와드릴까요?"

상원은 장독을 열어보며 말했다.

"아니야, 아니야. 아직은 도울 일 없고, 이따 해신 씨 낚시 나간다니까 거기 따라서 다녀와. 너 힘든 일 시켰다가 나 돌 맞는다. 안 그래도 나 다음 달에 중국 나가야 하는데 살아 돌아와야지."

건은 뒤통수를 긁으며 해신을 도와 장작도 패고 불도 피웠다. 부산하게 움직이며 요리를 하는 상원을 보좌하기도 하고 낚시와 통발 설치도 도우며 상원과 해신에게 '일등 보좌관'이란 별명을 받기도 했다.

바다를 좋아하는 해신에게는 '참바다 씨'라는 별명이 붙었고, 잔소리가 많고 요리를 잘하는 상원은 '차엄마'라는 별명이 붙었다.

있는 재료로 대충 끼니를 해결하고 어두워진 밤바다가 보이는 평상에 옹기종기 모여 앉아 맥주를 꺼내 들고 가거도에 잠시 들렀을 때 산 주전부리들을 꺼내놓았다.

건은 준호가 기타를 꺼내 들고 평상에 앉는 것을 보고는 옆자리를 차지하고 앉았다.

준호는 그런 건을 보며 살짝 미소 지었다.

"건이는 아까 노래하는 거 보니, 노래에 감정을 싣는 법을 본능적으로 알고 있더라. 덕분에 좀 편하게 왔어."

상원이 고개를 크게 끄덕이며 말했다.

"맞아, 나 진짜 언제 잠들었는지도 모르고 잠들었다니까? 내가 젖먹이 때 어머니가 재워주시는 것 같은 느낌을 받더라고, 내가. 내 나이가 곧 마흔인데, 엄마가 보고 싶더라니까?"

해신 역시 공감하며 말했다.

"어 그려, 나도 두 사람 괜찮아지라고 노래시켰는데, 정신 차려보니까 자고 있더라니까?"

셋이 입을 모아 칭찬하자 건이 부끄러운 듯 얼굴을 붉혔다. 준호는 그런 건을 보며 말했다.

"그런데, 건아 질문 하나만 하자."

건이 준호를 보며 예의 바르게 답했다.

"네, 선생님 물어보세요."

준호가 기타에 손을 올린 채 진지한 표정으로 물었다.

"노래, 누구한테 배운 거지? 듣기로는 아직 스승이 없다던데, 정말이야?"

건이 고개를 끄덕이자 준호가 말을 이었다.

"그럼, 지금 넌 원래 네가 가지고 태어난 목소리로 노래하고 있단 거네?"

건이 계속 수긍의 뜻을 비치자 준호가 말했다.

"그럼 넌, 앞으로 어떤 인생을 살 거지? 음악인으로 살 건가? 아니면 예능을 하는 연예인?"

건이 생각이 필요 없다는 듯 말했다.

"음악인이 되고 싶어요. 제 생각과 사상을 담아내는 뮤지션이요."

준호가 그런 건을 한참 동안 바라보다 입을 떼었다.

"음악인? 그렇구나, 건아. 그럼 레슨을 받고 있는 거야?"

건이 고개를 저으며 말했다.

"아직 레슨을 받고 있지는 않아요. 하지만 곧 연주와 보컬 쪽 레슨을 받아 보려고요."

준호가 고개를 끄덕이며 말했다.

"사실은 네가 노래하는 걸 들었어. Studio Experience에서 녹음했지?"

건이 눈을 깜빡이며 고개를 끄덕이자 준호가 웃으며 말했다.

"용태랑 친분이 좀 있거든. 그 녀석 음악실은 아직 작지만,

이 바닥에서는 좀 알아주니까."

준호는 잠시 하늘을 바라보며 말했다.

"네 노래를 처음 들었을 때 말이야. 난 많이 놀랐어. 분명 발성법이 정상적이지 않았거든? 기성 가수 같은 발성법이 아니었으니까. 그런데 어느새 내가 노래에 빠져 있더라."

"아마 넌 사람이 마음을 움직이는 무언가가 있는 것 같아. 너 스스로 모르는 것 같지만."

"좀 궁금해졌어. 목소리뿐 아니라 네가 내는 연주로도 사람의 마음을 움직이는 것이 가능할지. 악기가 내는 음에 너의 감정을 얼마나 실을 수 있을지."

준호가 기타에서 손을 내려 손가락으로 자신을 가리키며 말했다.

"너 나한테 기타 배워볼래?"

준호가 평상에 앉아 다리를 쭉 폈다.

"아흑, 늙어서 그런가, 삭신이 쑤시네."

준호가 다리를 툭툭 두드리며 건을 돌아보았다.

"난 기타리스트라, 알려줄 수 있는 건 기타뿐이야. 다른 악기도 배우고 싶다면 말하도록 해. 좋은 선생님을 많이 알고 있으니까 말이야."

건이 자세를 바로 하고 말했다.

"감사해요, 선생님. 선생님께 배울 수 있다면 정말 영광일 것 같아요. 말씀만이라도 감사합니다."

준호가 손가락을 까딱이며 말했다.

"음, 음. 농담 아니야. 촬영 끝나면 바로 스케줄 잡아보자. 근데 너 바쁘지 않아?"

건이 고개를 저으며 밝게 웃었다.

"에이, 선생님께 배울 기회인데 없는 시간이라도 내야죠. 아직 방송을 많이 잡아둔 게 아니라, 더 안 잡으면 돼요. 기타를 치면서 노래하는 게 좋거든요. 아직 실력이 안 되어서 기타 따로 노래 따로 노는 수준이지만요, 하하."

준호는 예의 사람 좋은 미소를 보이며 말했다.

"노래는 내가 못 가르쳐, 하하. 난 노래에는 별 재능이 없는 것 같더라고. 대신 좋은 보컬 트레이너를 찾아줄 순 있지. 넌 아직 기본기가 안 잡혀 있는 깨끗한 백지라. 배우는 것이 빠르다는 가정하에 가르치는 분도 신이 날 거다."

물을 한 모금 마신 준호가 진지하게 말했다.

"너 같은 천재적 재능을 가진 아이를 가르칠 기회는 쉽게 오지 않으니까 말이야."

준호가 자신의 기타를 스윽 보고는 물었다.

"혹시 좋아하는 기타리스트나, 영향을 받은 기타리스트가 있어?"

건이 뒤통수를 긁으며 더듬더듬 말했다.

"저기, 그게…… 지미 헨드릭스요……."

준호가 고개를 크게 끄덕였다.

"음, 그렇구나. 아직 뭐 영향을 받았다고 까진 할 수 없는 수준이겠지만, 좋아하는 기타리스트는 지미 핸드릭스였구나. 잉베이 맘스틴이나, 스티브 바이는 어때?"

건이 고개를 살짝 저으며 말했다.

"스티브 바이는 괜찮은데…… 제가 속주 타입의 기타 연주를 그리 좋아하진 않거든요. 필요할 땐 물론 해야겠죠. 예를 들어 폭발하는 감정의 표현이 필요할 때요. 하지만 그 외에는 미들 템포의 연주를 좋아해요."

준호가 고개를 갸웃하며 물었다.

"지미 핸드릭스도 충분히 속주인데? 아, 무슨 말인지 알겠다. 속주가 주 무기가 아니라, 감정과 사상의 표현이 우선인 기타리스트를 말하는 거야?"

건이 고개를 끄덕이자 준호가 검지를 까딱이며 말했다.

"그건 잘못된 생각일지도 몰라, 건아. 잉베이 맘스틴이나 스티브 바이 역시 자신의 음악에 감정과 사상을 표현하는 제대로 된 음악가란다. 음악적 호불호는 있을 수 있지만, 자신이 좋아하는 음악가와 그렇지 않은 음악가를 그러한 식으로 평가하는 건 좋지 않단다."

건이 알았다는 듯 고개를 끄덕이며 말했다.

"네, 알고 있어요. 단지 속주가 지나치게 많이 나오는 음악은 개인적으로 안 좋아할 뿐이에요, 헤헤."

준호가 웃으며 말했다.

"그렇지? 그래, 그렇게 깨끗한 백지나 새로 산 스펀지처럼 아무 선입견 없이 음악을 듣도록 해. 개인적인 호불호가 갈리는 건 할 수 없지만, 싫은 음악도 찾아서 듣고, 공부하면 좋고."

"그럼 오늘부터 우리 첫 시간이라고 생각하고 기본기를 좀 배워볼까?

준호는 건이 고개를 끄덕이자 여전히 웃음기를 머금고 기타를 손에 쥐었다.

"자 스트로크의 기본이야. 먼저 피크 잡는 법부터 제대로 배워보자. 피크의 가장 뾰족하고 긴 부분으로 줄을 건드리는 거야.

피크의 삼각형에 검지를 교차하게 올린 후 십자가를 긋듯 엄지를 올려 위에서 아래로 내리긋는 것을 다운 스트로크라고 하고, 반대로 아래서 위로 올리는 걸 업 스트로크라고 해."

준호는 건이 기타가 잘 보이도록 기타 상판을 보여주었다.

"위에서 아래로 두 번, 아래서 위로 두 번, 다시 위에서 아래로 한 번, 아래서 위로 한 번. 다운, 다운, 업, 업, 다운, 업 이게 기본적인 스트로크야."

준호는 직접 스트로크의 기본을 보여주고 다시 말을 이었다.

"아까 배에서 보니 아르페지오의 기본은 할 줄 알더구나. 그 것과 같아. 아르페지오의 기본이 G 코드 기준으로 6, 4, 3, 4, 1, 3, 2, 3이지? 스트로크도 그런 공식이 있단다. 박자에 따라 달라지는 공식이지. 크게 어렵지 않으니 외워둬. 자유롭게 치는 건 박자 안에 스트로크를 모두 집어넣을 수 있고 난 뒤 생각하면 돼, OK?"

준호는 건이 고개를 끄덕이자 자신의 기타를 내밀며 한번 해보라고 했다. 평상 끝에 앉아서 둘을 보고 있던 상원이 고개를 갸웃거리며 작게 말했다.

"응? 아니, 저 형이 웬일로 자기 기타를 남한테 넘겨줘? 방송이라 그런가? 절대 자기 기타 못 건드리게 하는 걸로 유명한데……."

해신은 상원이 앉은 평상 끝 불을 피우는 작은 의자에 앉아 있다가 상원의 말을 듣고 물었다.

"그려? 자기 기타 절대 남 안 줘? 에이 기타 좋아 보이길래 기회 봐서 한번 쳐보자고 해보려고 했더니."

상원이 그런 혜진을 내려다보며 피식 웃었다.

"자긴 안 돼. 저거 건이라서 준 거지, 저 형이 그래도 쟤 마음에 들긴 했나 보네."

이 사실을 모르는 건은 준호가 넘겨준 기타를 찬찬히 살펴보았다.

Gibson Acoustic J-35 Antique Natural.

'Gibson'은 1894년 미국의 현악기 제작자인 오빌 깁슨 (Luthier Orville H. Gibson)이 창업한 기타의 명가이다.

기타리스트인 LesPaul과 함께 만들어낸 솔리드 바디 형태의 일렉트릭 기타인 Gibson LesPaul은 지금까지도 세계에서 가장 많은 사람에게 사랑을 받는 기타이다.

건은 나무결이 그대로 살아 있는 어쿠스틱 기타를 어루만져 보았다. 역시 자신이 사용하는 Craft사의 저가형 기타와는 다르게 손에 착 감기는 느낌이었다.

물론 건이 사용하는 기타 역시 고가의 기타는 좋은 품질을 가지고 있으나 Gibson 특유의 느낌과는 조금 달랐다.

준호는 그런 건을 보며 미소 지었다.

"기타 괜찮지? 크게 비싼 기타는 아니야. 네 나이 아이들이 가질 기타는 아니지만, 한 320만 원쯤 할걸? 난 그냥 여행 갈 때나 편하게 쓰려고 들고 다니는 기타니까 부담 없이 쳐봐."

건이 천천히 기타를 허벅지에 올리고 자세를 잡은 후 기본이 되는 C, Am, Dm, G 코드를 기반으로 배운 스트로크를 진행해 보았다.

처음 몇 번은 헷갈리는지 중간에 박자를 놓쳤지만 이내 감을 찾고 조금씩 익숙해져 갔다.

준호는 그런 건을 보다 파도 소리가 은은히 들리는 밤바다를 보며 한참 발을 까딱이다 말했다.

"아, 조오타! 기타 소리도 좋고, 파도 소리도 좋고. 이런 날은 노래를 해야지, 연주가 아니라. 건아, 기타는 나중에 배우고 잠깐 줘봐. 노래 한번 하자."

건은 준호에게 기타를 돌려주고는 어떤 노래를 해야 할지 고민했다. 준호는 그런 건의 모습을 보고는 어깨를 두드려 주며 말했다.

"건아, 어떤 상황에서는 노래를 고를 땐 말이야. 노래를 부를 당시에 자신의 마음이 가장 잘 담겨 있는 노래를 선택해야 한단다. 가장 좋은 노래는 진심이 담긴 노래거든."

건은 준호의 말을 듣고 고개를 끄덕였다.

"아무래도 밤이고, 또 여긴 바다니까…… 잔잔한 노래를……. 아! 그건 좀 아니네요. 이 분위기에 잔잔한 노래까지 나오면 예능이 아니라 다큐가 되겠죠? 하하."

건이 말을 하다 말고 영석의 눈치를 보며 웃었다.

"그럼 제가 지금 하고 싶은 말이 담겨 있고, 조금은 밝은 멜로디의 컨츄리 음악으로 할게요. 혹시 'Don Jason'의 'Sea of heart'라는 곡 아세요?"

준호가 기타에 손을 올리며 씨익 웃었다.

"날 누구라고 생각하는 거야? 그 보다 너 같이 어린 애가 그런 노랠 아는 게 더 신기하다, 이놈아."

준호는 컨츄리 음악 특유의 셔플 박자 리듬을 연주를 시작했다. 밤바다와 어우러져 무척 기분 좋은 선율이 섬을 타고 돌았다. 촬영 중이던 스텝들도, 방에 숨어 몰래 지켜보던 상원과 해신도 모두 발을 까딱이며 선율을 탔다.

준호가 검고도 파란 섬 하늘 위에 그려준 선율 위에 건의 노래가 올려졌다.

새벽 항구에 붉게 빛나는 불빛들은 전혀 저를 비춰주지 않아요.

나는 망망대해 위를 방황하는.

유령선과 같이 표류를 하고 있어요.

이 실연의 바다에서는 사람들이 기억을 잃고 괴로워해요.

당신의 따스한 어루만짐의 기억들도.

이젠 전혀 생소한 어루만짐이에요.

나는 당신이 나에게로 돌아오길 바랄 뿐이에요.

나는 지금 상실로 가득한 바다를 떠돌지요.

바로 상심의 바다 한가운데 말이죠.

내가 어쩌다가 당신을 잃은 것일까요?

어디부터 잘못이 시작된 건가요?

왜 당신이 나를 떠났을까요?

나는 왜 이토록 방황하고 있을까요?

이 상실의 바다에서는 사람들이 기억을 잃고 괴로워해요.

당신의 따스한 눈빛에 대한 기억들도.

이젠 전혀 생소한 눈빛이에요.

나는 당신이 나에게로 돌아오길 바랄 뿐이에요.

나는 지금 실연으로 가득한 바다를 떠돌지요.

바로 상실의 바다 한가운데 말이죠.

당신이 내게 돌아오게 하기 위해 나는 무엇을 해야 할까요?

당신의 품에 다시 안기기 위해서 말이죠.

나를 구해 줘요.

이 바다에서 날 구해 줘요. 그리고 당신 곁에 두세요.

이 상심으로부터 멀리로 말이죠.

그래요, 이 절연의 바다에서는 사람들이 기억을 잃고 괴로워해요.

연인의 어루만짐의 기억조차 멀어져 버렸죠.

나는 진정 당신과 다시 함께하고 싶어요

나는 실연의 바다 위를 떠돌죠.

바로 상심의 바다를.

만재도에 도착한 다음 날.

밤늦게까지 노래를 부르며 맥주를 마시던 준호는 아침까지 곯아떨어져 있었고, 해신은 만재도 삼 대장을 잡아보겠다며, 새벽부터 어촌 계장님과 낚시를 나갔다.

상원은 건과 함께 해변가에 널린 미역과 톳을 주우러 해변을 돌아다녔다. 상원은 해변 여기저기 떨어진 미역과 톳을 주워들며 해맑게 웃었다.

"이야! 여기 먹을게 널려 있네, 아주 그냥. 야, 야! 건아 그거, 그거 주워놔."

새콤달콤한 톳무침과 미역을 넣은 얼큰한 육수를 뽑아낼 생각에 신나게 이것저것 주워대는 상원은 여러 개의 톳과 미역을 한꺼번에 쥐고 흔들었다.

그 모습이 마치 남의 머리채를 잡고 흔드는 것 같아 재미있었던 건이 웃었고, 그 모습을 본 영석은 편집 시 넣을 자막이 생각나 작게 웃음을 지었다.

'검은 옷의 그놈이 머리채를 움켜쥐었다. 머리채를 흔들며 웃기 시작한다, 무섭다.'

건은 상원의 모습이 재미있어 웃다가 그제야 생각난다는 듯 물었다.

"그런데 선배님, 해신 선배님이 정말 삼 대장을 잡아 오실 수 있을까요?"

상원이 장난스럽게 고개를 까딱까딱하면서 대답했다.

"못 잡아 오면 워뗘! 이렇게 먹을게 많은데, 히요! 그리고 너무 부담 주면 안 돼, 저 망망대해에 나가서 생선 조그만 거라도 잡아 오면 대단한 거지. 이따 참바다 씨 들어올 때 문 앞에서 '아이고'하면 잡은 거고, 조용히 들어오면 못 잡은 거니까, 눈치 보고 리액션 하자고, 허허허."

건이 고개를 끄덕이며 말했다.

"그래도 진짜 잡아 오셨으면 좋겠어요. 삼 대장이 문어, 돌돔, 참돔이라는데 저도 바닷가 출신이지만 돌돔은 한 번도 못 먹어봤거든요, 문어랑 참돔은 먹어봤고요."

상원이 톳을 들고 탈탈 털며 말했다.

"그거 비싸. 횟집 가면 그냥 시가라고만 쓰여 있어서 시킬 엄두가 안 나더라고, 나도 몇 번 안 먹어봤는데 살이 아주 땡땡해. 그런 회 못 먹어봤을걸? 거기다 수족관에서 며칠 묵어서 맛탱이 간 애들도 아니고, 몇 시간 전까지 바다에서 헤엄치던 애들이잖아. 웜마, 얼마나 맛있을꼬?"

상원이 입맛을 다시며 말하자 건도 침을 삼키며 말했다.

"근데, 잡기 엄청 힘들다고 하더라고요, 문어나 돌돔도 잡기 힘들지 않아요? 문어는 통발로 아니면 낚시로는 잡기 힘들다고 하던데요?"

상원이 고개를 끄덕이며 말했다.

"어, 그래서 왜 오다가 가게도 들려서 삼겹살 조금 샀잖아? 그게 문어 미끼 하려고 산 거 아냐. 어제 네가 참바다 씨랑 나가서 통발 던지고 왔잖아?"

건이 몰랐다는 듯 상원을 바라보자 상원이 어깨를 으쓱했다.

"그럼 삼겹살을 우리 먹으려고 샀겠냐? 얘는 가만 보면 답답해, 아주 그냥. 어떨 때 보면 허당이야, 아주. 너 저…… 어기, 저기 봐봐."

건이 상원이 가리키는 방향을 보니 섬 뒷산만 보였기에 어리둥절하자 상원이 고개를 흔들며 다시 말했다.

"아니, 아니, 그렇게 먼 곳 말고 자 이 손끝 따라 죽 가봐."

건이 상원의 손끝부터 일직선으로 시선을 옮기자 산 아래 옹기종기 모여서 촬영을 하던 스텝 중 영석이 걸렸다. 영석은 상원이 손가락으로 가리키자 엉거주춤 어색한 표정으로 웃고 있었다.

건이 다시 상원을 보며 말했다.

"PD님요? 영석 PD님이 왜요?"

상원이 영화 촬영장에서나 보이는 진지한 표정과 진지한 말투로 말했다.

"너……. 이런 말 알아? 악마를 보았다."

건이 무슨 말인지 몰라 갸웃거리자 상원이 재차 말했다.

"저 악마 김영석이가 가거도에서 삼겹살을 사는 우리를 가만 놔둘 리가 있어? 참바다 씨가 사전 회의 때 문어 잡으려면 삼겹살 필요하다고 말하니 가만뒀지. 안 그랬으면 저 악마 PD가 가만히 우리가 우리 돈 내고 사는 걸 기다렸다가 먹으려고 꺼내는 순간 뺏어서 지가 먹었을걸?"

건이 멍하게 상원의 말을 듣다 폭소를 터뜨렸다.

"네? 아하하하하하, 하하하하!"

근처의 스텝들도 모두 웃어대고 카메라도 영석을 비추니, 어색하게 웃음을 흘리며 다가왔다. 가까이 다가온 영석이 비실비실 웃으며 말했다.

"계약서 썼잖아요? 안 하기로."

상원이 영석의 말을 듣고는 톳을 바닥에 패대기치며 말했다.

"그러게, 우리 어머니가 그렇게! 계약할 때는 조심히, 읽고! 또 읽고! 세 번 읽고! 도장 찍으라고 하셨는데. 내가 어쩌다 계약서 제대로 읽지도 않고! 이 개고생을! 에헉!"

상원의 오버액션에 또 한 번 촬영장에 웃음꽃이 피었다. 상원은 톳을 다 털었는지 입맛을 다시며 말했다.

"가자……. 에헉…… 너도 계약서에 도장 찍었지? 그냥 이거나 먹자, 우리……. 내가 맛있는 톳무침 만들어 줄 테니까."

건이 웃으며 톳을 한 무더기 들고 따라나섰다.

집에 도착해 보니 준호가 머리를 감았는지 수건을 어깨에 두르고 젖은 머리로 평상에 앉아 있었다. 상원은 그런 준호를 보고 해맑게 웃으며 방금 따온 톳을 들어 보였다. 준호는 톳무침을 좋아하는지 환해졌고, 곧 부산하게 식사 준비를 시작했다.

건은 달걀을 꺼내 오라는 상원의 지시에 닭장에서 달걀을 꺼내다 닭이 푸드덕거리는 것에 놀라 엉덩방아를 찧고 모두의 놀림감이 되었다.

겨우 꺼낸 달걀을 상원에게 줄 때 머리에 붙은 닭 털 때문에 상원은 바닥을 굴러다니며 웃어댔다. 건은 부끄러워져 얼굴이 발그레해졌고 그 모습은 그대로 카메라에 담겼다.

잠시 후 참바다 씨는 빈손으로 집에 들어와 풀 죽은 모습을 하였고, 넷은 달걀말이와 톳무침으로 조촐하게 점심을 때웠다.

점심을 먹은 후에는 해신과 함께 부족한 장작도 패고, 시간을 내어 준호에게 기타도 배우며, 한가로운 하루를 또 하루 보냈다.

저녁이 되자 해신이 상원의 눈치를 보며 입을 떼었다.

"저…… 나 저기…… 밤낚시 좀 댕겨올게? 어촌 계장님이랑 가기로 해서."

상원이 그런 해신을 보며 고개를 저었다.

"아이, 뭐 또 이 밤에 나가려고 그래? 그냥 텃밭에서 감자랑 무나 캐서 된장 있는 걸로 된장찌개나 끓여 먹지. 힘들어, 내일 가, 내일."

해신이 주섬주섬 낚시 도구를 챙겨서 자전거에 실으며 말했다.

"아니야, 가장이 돈을 못 벌면 어깨가 처지는 겨. 내가 아주 팔뚝만 한 놈으로, 응? 제대로 실한 놈루다가 한 놈 잡아 올 테니 기다려 봐."

상원이 못 말리겠다는 듯 말했다.

"그러면, 저기 건이 데리고 가서 통발 한번 보고, 뭐 잡혔으면 건이 편에 좀 보내. 저녁 찬 거리는 있어야지."

해신이 옳다구나 하며 건을 쳐다보자 건이 얼른 따라나섰다.

집을 나서니 밖은 이미 어두워져 캄캄했다. 건은 해신과 함께 통발을 확인했지만 아무 수확도 올리지 못하고는 밤낚시를 하는 해신 곁에 서성거리다 VJ만 데리고 혼자 터덜터덜 집으로 돌아왔다.

파란 지붕 집으로 돌아오니 상원과 준호가 영석과 함께 평상에 앉아 뭔가에 대해 의논하고 있었다.

건이 슬쩍 평상에 앉아 들어보니 새로운 게스트에 대한 이야기인 듯했다.

영석이 셋을 번갈아 보며 말했다.

"상원 형이랑 해신 형한테는 미리 말씀드렸는데, 건이는 처음 듣지?"

건이 무슨 말이냐는 듯 고개를 갸웃거리자 영석이 말했다.

"요새 중국 쪽에서 한국의 프로그램을 많이 사 가거든. 우리 프로그램도 미리 스폰서 제의를 받아서 제작한 거라, 중국에 판매될 예정이야."

상원이 고개를 끄덕이며 말했다.

"응, 그래서 뭐. 중국 쪽에서 우리 프로그램에 중국인 한 명 출연시켰으면 한다며. 왔어? 배우? 가수?"

영석이 고개를 저으며 웃었다.

"그게, 일반인이래. 그것도 파릇파릇한 십 대라네."

♪♫♩

중국 베이징의 국제 예술학교는 베이징 문화국 소유의 중등 전문 예술학교로서, 베이징에서 제일 먼저 국제 교류 기능을 갖춘 예술 중등 전문학교이다.

무용, 미술, 연기, 특수 비서, 무술, 서커스의 6개 전공과목이 있으며 기타 일반적인 교육 과정보다는 전공 과정 위주의 전문교육을 진행하여 외국에서도 호평을 받는 학교이다.

중, 고등학생을 가르치므로 학교의 목표는 당연하게도 세계 유수의 예술 대학에 출신 학생들을 입학시키는 것이었으며, 1995년 이후 국내외 예술 경기에서 20개 이상의 금메달을 따내 중국 내에서 위상이 높은 학교였다.

올해 열여섯 살의 쯔메이가 어제 새벽까지 그린 그림들을 신문지로 포장해 부지런히 학교로 향하고 있었다. 오늘 아침까지 제출 해야 하는 숙제였기에 자기 몸보다 큰 그림들을 낑낑거리며 들고 가느라 앞도 잘 보이지 않는지, 그림을 잠시 내리고 앞을 힐끗 보고 몇 걸음을 떼고, 다시 그림을 내리고 앞으로 보는 행동을 반복하며 걷는 것이 무척 귀여운 모습이었다.

쯔메이는 그림이 무거운 듯 두리번거리며 잠시 쉴 곳을 찾았다. 마침 십여 m 앞에 학교 알림판이 있는 것을 보고 뒤뚱뒤뚱 걸어가 알림판에 그림을 기대어 세워둔 후 이마에 흐르는 땀을 닦았다.

"아, 진짜 힘들어. 씨이, 괜히 미술 했나 봐. 이게 노가다지, 어디가 미술학도야, 힝."

쯔메이는 어릴 적부터 여러 미술 대회에서 수상한 영재로,

모든 미술 대회를 석권하는 수준은 아니었지만, 꽤 많은 대회에서 금상 이상의 성적을 거둬 국제 예술학교의 입학을 허가받았다.

방학 동안 잠시간의 자유를 만끽하였지만, 얼마 전 방학이 끝나 다시 고난도의 수업을 소화하느라 매일 밤, 늦은 시간까지 그림 연습을 하고 있는 쯔메이였다.

쯔메이는 알림판 앞 보도블록에 앉아 하늘을 보며 생각했다.

"건 오빠는 뭐하고 계실까? 행사 이후로는 중국에서 하는 방송에서는 얼굴을 비치지도 않고, 한국 방송을 봐도 안 나오네⋯⋯. 너무 보고 싶은데, 힝."

쯔메이가 오른손을 들어 머리를 만지며 생각했다.

"그때 일곱 바늘이나 꿰맸지만, 건 오빠 손을 잡아볼 수 있어서 행복했는데."

그랬다. 쯔메이는 건이 중국 행사 당시 서우두 공항에서 다쳐, 건이 일으켜 세워주었던 소녀였다.

쯔메이가 보도블록에서 일어나 손으로 부채질하며 게시판에 걸린 여러 공고를 보았다.

"이놈에 현대 무용 대회 공지는 맨날 있어? 도대체 중국 내에 대회가 몇 개길래 일 년 내내 걸려 있지? 미술 대회도 많긴 한데 무용 대회는 더하네."

쯔메이가 손가락으로 알림판 앞 유리를 가리키며 순서대로 공지를 읽었다.

"왕첸 선생님 수업은 오늘 취소됐네? 무술과 애들 좋겠다, 힝. 우리 수업은 절대 취소 같은 거 없는데. 나도 놀고 싶다……. 어? K-pop 청취 동호회가 생겼네? 여기 들어가 볼까?"

쯔메이는 알림판의 옆으로 걸으며 다음 공지를 읽었다.

"응? 이건 뭐지? 한국 방송? 방송 출연 희망자를 찾습니다?"

〈방송출연 희망자 공지〉

안녕하십니까, 국제 예술 대학교 운영 사무국입니다.

다음 달부터 중국에 방영될 한국의 방송 '삼시 세끼'에 출연할 희망자를 모집합니다. 중국 내 인기 많은 한류 콘텐츠를 중국화할 목적으로 중국 시청자의 접근성을 높이기 위해 중국의 일반인이 출연하게 될 이 방송은 중국 CCTV에서 방영될 예정입니다. 희망자는 09월 31일까지 운영 사무국으로 신청서를 제출해 주시기 바랍니다.

<프로그램 설명>

한국의 어촌마을 자급자족 리얼 예능

<출연자>

차상원(연기자), 유해신(연기자), 함준호(연주가), 김건(가수)

쯔메이가 건의 이름이 쓰인 부분을 누르며 소리쳤다.

"꺄악, 건 오빠다! 건 오빠가 나오는 방송!"

쯔메이가 꺅꺅거리고 있는 도중 주머니에서 전화기가 울렸다. 쯔메이는 방방 뛰면서 전화를 받았다.

"응, 차이! 어, 나도 지금 봤어! 꺄악, 건 오빠 방송에 출연하다니, 그거 알려주려고 전화한 거야?"

쯔메이가 방방 뛰다 말고 약간 심각한 얼굴로 물었다.

"그런데, 설마 너도 지원하는 거야? 뭐? 왜! 넌 그때 행사장도 안 갔잖아! 뭐야? 이제부터 팬이라고? 그런 게 어디 있어!"

쯔메이가 주먹을 꼭 쥐고 허벅지를 때리며 말했다.

"뭐? 지원자가 벌써 삼백 명? 한 명 뽑는 거 아냐?"

쯔메이가 차이의 말을 듣고 울상을 지었다.

"경쟁률이 너무 세잖아! 치, 지원해도 되기 진짜 어렵겠다. 어떡해, 힝."

쯔메이가 다시 보도블록에 앉아 손을 꼬물거렸다.

"근데, 왜 한국 방송에 중국인이 나가는 거야? 연예인도 아니고 일반인을?"

쯔메이가 차이의 설명을 들으며 말했다.

"아, 나중에 중국에 방송한다고? 중국인이 나오면 좀 더 친근감 있으니까? 그렇구나, 근데 왜 일반인이야?"

"응, 응. 신선하다고? 하긴, 일반인이 잠깐 나오는 예능이 있긴 하지. 근데 여기 공지에 촬영 기간이 없던데, 혹시 얼마나 가 있는지 알아?"

"응, 아 이틀? 짧구나. 그럼 수업은? 빼주는 거래?"

"아, 그렇구나. 알았어, 끊어봐. 나 얼른 가서 지원하고 올게! 수업? 아 몰라, 빨리 지원부터 하고 올 테니까 선생님께 나 화장실 급해서 갔다고 좀 해줘! 응, 응. 고마워!"

쯔메이가 급하게 전화를 끊고 그림을 짊어지고는 뒤뚱뒤뚱 학교 중앙 관리국으로 뛰어갔다.

잠시 후 자신의 몸보다 큰 그림을 가지고 땀을 흘리며 운영 관리국에 들어간 쯔메이는 대기용 의자에 그림을 걸쳐 두고 관리국 직원에게 말했다.

"저기, 한국 예능 방송 출연하는 공고 보고 왔는데요, 신청하려고요."

금테 안경에 단발머리 직원은 쯔메이를 힐끗 보고는 신청서를 내밀었다. 쯔메이는 신청서를 보며 물었다.

"저기, 이거 선발 기준이 뭐에요?"

직원이 안경을 살짝 추켜 올리며 말했다.

"글쎄요, 듣기로는 선생님들이 지원 동기를 보고 결정하신다던데요?"

쯔메이는 직원의 이야기를 듣고 신청서를 들고 의자로 달려와서는 의자에 엎드려 한 글자 한 글자 또박또박 써내려가기 시작했다, 자신이 표현할 수 있는 최선을 다한 애절한 문체로.

이것이 3주전의 일이었다.

♪♫

만재도 파란 지붕 집에 손님이 찾아 왔다.

찾아온 손님은 단둘이었는데, CCTV 측 직원으로 보이는 40대 남성과 쯔메이었다. 남성은 영석과 드문드문 영어로 대화를 나누고 있었고, 쯔메이는 도착 직후부터 건을 훔쳐보느라 정신이 없었다.

"진짜다, 진짜야, 진짜! 건 오빠가 내 앞에 있어."

쯔메이는 이제 막 밖에서 도착해서 평상에 앉아 있는 건이 자신을 보며 살짝 손을 흔들어주자 부끄러워 몸을 베베 꼬았다.

"선생님, 예수님, 부처님, 알라신님, 감사해요!"

영석은 영어가 잘 통하지 않자 답답했는지 건을 돌아봤다.

"건아 잠깐만 통역 좀 해줄래? 너 중국어 잘하잖아."

건이 고개를 끄덕이며 중년 남자에게 중국어로 말했다.

"안녕하세요, 저는 김 건이라고 합니다. 촬영장에 계신 분

중에 중국어가 가능한 분이 없어서 제가 잠시 통역할게요. 괜찮으시죠?"

남자는 건의 얼굴을 보고 감격한 눈으로 손을 내밀었다.

"아, 김 건 씨. 고맙습니다. 이렇게 김 건 씨를 실제로 보게 될지는 몰랐네요, 영광입니다."

건은 남자와 악수를 하며 부끄러운 듯 웃었다.

"에이, 제가 뭐 대단한 사람도 아닌걸요. 아, 통역해 드릴게요. 성함이 어떻게 되세요?"

남자가 건의 손을 꽉 잡으며 말했다.

"네, 류웨이(劉偉)라고 합니다, 건 씨."

건은 웃으며 영석에게 류웨이를 소개하고는 프로그램 포맷을 정하는 회의의 통역을 시작했다. 상원, 해신, 준호는 저녁 식사를 준비하기 위해 일을 시작했다.

영석은 류웨이에게 간단한 브리핑을 마치고 쯔메이를 힐끗 본 후 말했다.

"출연자는 쯔메이 양이죠? 그럼 류웨이 씨는 스텝들과 함께 지켜봐 주시고요. 쯔메이 양 인터뷰 영상부터 시작하는 게 좋겠네요."

영석이 손뼉을 치며 소리쳤다.

"자자, 잠깐만요. 상원 형은 계속 요리하시고, 준호 형님도 계속, 하던 일 하세요. 쯔메이랑 건만 여기 평상에서 잠시 인터뷰 좀 합시다."

건은 통역하느라 저녁 식사 준비에서 빠져 있었기에, 쯔메이가 앉은 평상 옆에 섰다.

영석은 낚시 의자를 꺼내 평상 앞에 설치하고 쯔메이를 앉게 한 후 카메라 각도를 조절하며 말했다.

"건이는 카메라 안 걸리게 평상 끝에 앉아 있도록 하고, 중국어 통역만 해줘. 어차피 방송 나갈 때는 내가 하는 질문이랑 쯔메이 말하는 부분이 나가고 통역한 건 자막으로 나갈 거니까, 오디오 안 물리게 해주고."

영석은 건과 쯔메이가 자리를 잡자 카메라 옆에 앉아 쯔메이에게 질문을 던졌다.

"안녕하세요, 이름이 쯔메이라고 했죠? 카메라 보고 간단하게 자기소개 좀 해줄래요?"

쯔메이가 무슨 말인지 몰라 건을 바라봤다.

"아니, 아니, 건이 보지 말고. 지금 이 촬영에 건이는 없는 것으로 가정하고 인터뷰 따는 거니까 카메라만 봐 주세요."

그 모습에 영석이 급하게 말했다.

"건아, 이야기 좀 전해주고. 귀만 열어 두고 시선은 카메라에 두도록 해줘. 방금 질문한 것 답변하는 것부터 그림 딸게."

건이 고개를 끄덕이며 쯔메이에게 설명하자 그녀가 카메라를 쳐다보며 말했다.

"안녕하세요, 쯔메이라고 합니다. 16살이고, 베이징 국제 예술학교 중등부에 다니고 있어요."

영석은 미리 이야기된 부분이라 학교 설명은 자막으로 대체하라고 AD에게 지시한 후 다시 물었다.

"그렇군요, 전공은 무엇인가요?"

쯔메이가 시선을 카메라에 두고 답했다.

"미술요, 아직 대학생이 아니라 세부 전공은 없고, 그냥 전반적인 미술 전체를 조금씩 배우고 있어요. 순수 미술이나 회화나 조소까지요."

영석이 고개를 끄덕이며 물었다.

"그럼 중국의 미술학도이며 올해 열여섯 살인 쯔메이 씨. 한국 예능 프로그램에 출연을 결심한 계기가 무엇인가요?"

쯔메이가 약간 몽롱해진 표정을 지으며 두 손을 모았다.

"건 오빠 때문이에요!"

영석이 피식 웃으며 말했다.

"김 건 씨가 중국 팬들이 많은 건 유명하죠. 김 건 씨를 처음 볼 텐데. 현재 심정이 어떠세요?"

쯔메이가 고개를 저으며 말했다.

"처음이 아니에요. 지난번 중국에 오셨을 때 공항에서 봤어요."

영석이 살짝 놀라 말했다.

"예? 그때 공항에 계셨어요? 저도 있었는데."

쯔메이가 웃으며 말했다.

"네, 봤어요. PD님은 절 못 보셨겠지만. 하지만 절 기억해내실 수 있을 걸요?"

영석이 고개를 갸웃하자 쯔메이가 말했다.

"서우두 공항에서 머리를 다친 여자아이를 건 오빠가 일으켜 세워줬던 것, 기억하세요?"

영석이 고개를 끄덕이자 쯔메이가 손가락으로 자신을 가리키며 말했다.

"그게 저였어요, 헤헤."

영석과 건은 물론 스텝들까지 놀랐다.

"예? 그때 그 소녀가 쯔메이 씨였어요?"

쯔메이가 고개를 끄덕이자 영석이 재빨리 머리를 굴렸다. 잠시 프로그램에서 이 부분을 더 극적으로 풀 방법을 고민하던 영석이 당시 행사의 공항 진입 장면을 찾아두라고 AD에게 지시한 후 다시 말을 이었다.

"그랬군요, 건 씨도 기억하고 있는 것 같네요. 어떻게 보면 대단한 인연인데요? 가까이서 건 씨를 보니 어떠세요? 팬이시니까 좋으시겠어요."

쯔메이가 건을 곁눈질하며 얼굴이 빨개졌다.

"네…… 네. 꿈만 같아요. 뭐라고 말해야 할지 모르겠어요.

오빠 앞에 서면 머릿속이 하얗게 변하거든요."

영석이 건과 쯔메이를 보며 흐뭇한 얼굴로 웃었다.

"하하, 그렇군요. 그럼 단 이틀뿐이라지만 잘 부탁드릴게요. 아 참, 미리 들으셨겠지만 여긴 자급자족하는 예능이라 손님이라도 자기 역할을 하나 찾아서 일을 도와야 해요. 쯔메이 씨도 함께 도와주셔야 합니다."

쯔메이가 고개를 세차게 끄덕이며 말했다.

"그럼요! 저 잘할 수 있어요."

두 주먹을 꼭 쥐고 말하는 쯔메이의 귀여운 모습에 준호가 웃음 짓자 상원이 요리를 하던 국자를 휘휘 휘두르며 말했다.

"쯔메이, 미술한다며? 그림 그려주면 안 돼? 여기 무지 휑하잖아. 쯔메이가 그림 그려준 거 걸어 놓으면 좋을 것 같은데. 그냥 우리가 여기에서 생활하는 모습들 말이야."

건이 통역하자 쯔메이가 고개를 끄덕였다.

"할 수 있어요, 도구도 다 가져왔어요. 그럴게요, 아니, 그리게 해주세요!"

상원이 국자를 웍에 넣어 돌리며 아줌마처럼 웃었다.

"좋아, 좋아. 조금만 기다려. 참바다 씨 낚시 다녀오면 같이 밥 먹자, 배고플 텐데."

상원은 점심에 먹다 남은 된장찌개를 다시 데우고 쌀을 씻어 밥을 지었다. 건은 쯔메이를 도와 작은 방에서 미술 도구들을 꺼내 평상 옆에 두고는 다시 상원의 요리를 돕기 시작했다. 쯔메이는 준호 옆에 앉아 통하지 않는 손짓 발짓을 하며 해맑게 웃었다.

한 시간 남짓 시간이 지나고 바다에 나갔던 참바다 씨가 돌아오는 기척이 느껴졌다.

"어이구!"

상원은 참바다 씨 특유의 의기양양할 때 나오는 소리가 들려오자 환하게 웃으며 뛰어나왔다.

"뭐 잡았구나? 잡은 거지! 그렇지?"

해신은 입꼬리를 말아 올리며 손에 든 양동이를 들어 보였다.

"아니, 뭐 별건 아니고…… 노래미인데, 꽤 큰 놈으로 네 마리 딱 잡아 왔지. 어허허허, 뭐 좀 맛있는 것 좀 해봐, 이걸로."

양동이 속에서 퍼덕거리는 싱싱한 노래미들을 보며 휘파람을 부는 상원.

기타를 들고 평상에 앉아 있다가 양동이 속을 구경하러 나온 준호.

가장의 의무를 다했다는 듯 손을 허리 위에 올리고 폼잡는 해신.

잽싸게 준호가 갈아둔 칼을 다시 한번 쓱고 있는 건.

그런 건의 옆에 찰싹 달라붙어 쪼그리고 앉은 쯔메이.

만재도의 둘째 날도 그렇게 저물어 가고 있었다.

깊은 밤, 섬의 밤은 고요하지 않다. 파도 소리, 새 소리 등 수많은 소리가 가득 차 있다.

자연의 소리는 불규칙하면서도 인간 본연의 심리를 건드리지 않는 박자이기에 우리는 그 소리로 인해 수면에 방해를 받지 않는다.

건은 곤히 자다 누군가의 인기척을 느끼고 살며시 실눈을 떴다.

작은 방문을 열고 살금살금 들어온 작은 인영이 건이 자고 있는 이불 옆 벽에 기대어 쪼그리고 앉았다.

건은 그런 인영을 가만히 바라보다 몸을 살짝 일으켰다. 검은 인영은 깍지를 끼고 무릎을 잡고 있다, 건이 깬 것에 화들짝 놀란 듯 보였다.

건이 그런 인영을 보며 피식 웃었다.

"쯔메이, 잠이 안 와?"

쪼그리고 앉았던 검은 인영은 쯔메이였다.

뒤늦게 낚시를 끝내고 집에 돌아온 해신은 쯔메이를 보고 갸웃하며 상황을 물었고, 상원의 간단한 설명에 사람 좋은 웃음을 흘리며 밥을 퍼주던 해신은 자신이 쓰던 방까지 내어주며 쯔메이가 편히 잘 수 있도록 배려해 주었다.

부엌방과 작은 방 사이의 큰 방에서 혼자 자던 쯔메이가 늦은 밤 건의 옆으로 다가오는 것을 설치형 카메라로 보고 있던 VJ가 서둘러 옷을 챙겨 입고는 카메라를 들고 스텝 숙소에서 파란 지붕 집으로 뛰어왔다.

건은 어두운 방 안에서 쯔메이의 얼굴이 보이지 않자 손을 잡고 마당으로 나왔다. 준호와 같은 방을 쓰고 있어 불을 켜거나, 방에서 대화하다 준호가 깰까 싶어 배려한 것이다.

건은 쯔메이와 함께 평상에 앉아서는 달빛을 벗 삼아 이야기를 나누기 시작했다.

"섬에 와 본 적 있어? 난 처음인데. 어릴 때 우리 할머니 댁이 부산의 영도였는데, 사실 영도는 섬이라고 하기 민망할 만큼 육지와 가까워서 짧은 다리 하나만 건너면 되는 곳이었거든. 그래서 섬의 느낌을 받은 적이 없었어."

쯔메이는 평상 위에 무릎을 세우고 손으로 뒤 허벅지를 잡은 채 말했다.

"저도 처음이에요. 중국에도 섬이 많지만 제가 사는 곳은 내륙 지방이었거든요."

건이 달을 바라보고 있는 쯔메이의 옆 모습을 보았다.

검고 윤기 나는 머리는 포니테일 스타일로 뒤로 느슨하게 묶여 있었고, 앞머리를 자른 지 오래되었는지 눈썹 아래로 한참 내려온 앞머리를 눈썹 선에 맞추어 옆으로 넘겼다.

삐죽삐죽 튀어나온 잔머리와 앞으로 길게 내려온 머리카락이 무척 귀여웠고, 하얀 얼굴에 오똑한 코를 가지고 있었다. 동양인답지 않게 쌍꺼풀이 짙고 눈이 컸으며, 입술 양 끝이 폭 패여 무표정할 때에도 웃는 것처럼 보이는 밝은 얼굴의 쯔메이였다.

그녀는 핑크색 스웨터를 입고 있었는데 목 부분이 브이넥이고 그 부분만 하얀색이었다.

짧은 하얀색 반바지를 입은 다리는 태양을 자주 보지 못했는지 눈처럼 하얗고 적당히 가늘었다.

방에 있다가 슬리퍼를 신고 나와 평상 위로 올려둔 발은 맨발이었는데, 두 발을 모으고 발가락을 꼬물거리는 것이 무척 귀엽게 느껴졌다.

건이 그녀의 모습에 자신도 모르게 웃음 짓다 물었다.

"중국의 예술학교들은 무척 많은 연습을 시킨다고 들었는데, 힘들지 않아?"

쯔메이가 고개를 끄덕였다.

"힘들어요, 모두 기숙사 생활을 하거든요. 단체 생활은 규율이 중요한 데다가 예체능 쪽은 선후배 간 규율도 강하고요. 그래도 전 전공이 미술이라 몸은 힘들지 않아요. 무용이나 연기, 무술 쪽 전공자들은 종일 뛰어다니니까요."

건이 고개를 갸웃하며 물었다.

"무술? 예술학교에서 무술도 가르쳐?"

쯔메이가 말을 이었다.

"네, 중국에서 무술은 모든 것에 근간이 되는 것이에요. 중국 배우 중 무술을 못하는 사람은 없어요, 능숙함의 차이는 존재하지만 모두 기본은 하니까요. 가수들도 웬만해선 약간의 무술을 익히고 있고요."

건이 공중에 손을 휙휙 휘두르며 장난스러운 웃음을 지었다.

"아 맞아. 이렇게, 이렇게, 휙 휙. 엽문인가? 그 영화 재밌었는데. 배우 이름이 견자단이었지 아마?"

쯔메이가 건을 보고 웃으며 말했다.

"하하, 맞아요. 견자단도 중국 인사이드 쿵푸 최고 무술가 상을 받은 배우예요. 이후에 영화 쪽 무술 감독으로 유명해져서 액션 배우가 되었죠."

건이 계속 공중에 손을 휘두르며 말했다.

"그렇구나, 영춘권이었나? 이소룡의 스승이 창안한 무공이랬던 것 같은데."

쯔메이가 고개를 끄덕였다.

"맞아요, 하지만 견자단이 수련한 건 영춘권은 아니에요. 영화 때문에 6개월 정도 훈련했다고 해요. 워낙 다양한 무술을 배운 배우라 뭐든 제대로 배우면 습득이 빠르다고 하더라고요."

건이 쯔메이를 보며 말했다.

"그럼 쯔메이도 무술 할 줄 알아? 중국 사람이라고 다 할 줄 아는 건 아니겠지만."

쯔메이가 웃으며 고개를 저었다.

"학교에서 교양으로 배우고 있긴 하지만 재능이 없어요, 전."

건이 고개를 끄덕이다 헐레벌떡 마당으로 뛰어들어오는 VJ와 눈을 마주쳤다.

"어? 감독님. 이 밤에 안 주무시고 왜 오셨어요?"

VJ는 급히 마당 한켠에 둔 설치형 카메라를 점검하며 말했다.

"이거 리얼 예능이에요, 건 씨. 연기자가 몇 시에 무엇을 하든 다 찍어둬야 해요. 그래서 돌아가며 설치 형 카메라를 실시간으로 보고 있는 것이기도 하고요. 영석 PD님이 이런 그림 놓친 거 아시면 난리 납니다."

VJ가 설치 형 카메라의 각도를 평상 쪽으로 돌리고, 휴대용 카메라로 다른 각도에서 둘을 촬영하기 시작했다.

"자, 전 여기 없는 겁니다. 하던 이야기 계속하세요."

건이 살짝 미소 지으며 쯔메이를 돌아봤다. 쯔메이 역시 고개를 옆으로 돌려 건을 마주 보았고 둘은 서로 미소를 머금은 채 서로를 바라보았다.

"쯔메이는 왜 미술을 하게 됐어?"

쯔메이가 잠시 생각하는 듯하다 약간 침울해진 얼굴로 말했다.

"처음에는 중국 출신의 인상주의 화가인 허안의 그림을 보고 막연하게 나도 저런 예쁜 그림을 그리고 싶다는 생각이었는데, 매일매일 손가락에 물집이 잡힐 때까지 그림을 그리다 보니까, 이젠 제가 왜 그림을 그리려 했는지 이유조차 기억나지 않게 되어 버렸어요."

건이 침울한 표정의 쯔메이와 시선을 맞추며 말했다.

"이유가 생각나지 않아? 지금 말했잖아, 너 스스로."

쯔메이가 고개를 갸웃하며 말했다.

"어떤 거요? 허안 화가요?"

건이 고개를 저으며 검지로 쯔메이의 볼을 찔렀다.

"아니, 예쁜 그림을 그리고 싶다고 했지."

쯔메이가 붉어진 얼굴로 건이 찌른 볼을 매만지자 건이 미소를 지으며 말을 이었다.

"나도, 나도 노래를 하고 싶고, 음악을 배우고 싶은 이유는 하나야. 최고의 노래를 만들고, 또 부르고 싶은 것. 다른 이유가 더 필요해?"

쯔메이는 붉어지다 못해 열이 나는 뺨을 손으로 감싼 채 어색한지 다른 질문을 했다.

"그럼 오빠가 존경하는 사람은 누구예요?"

건이 카메라를 살짝 보더니 이를 드러내고 웃었다.

"좋아하는 뮤지션은 많지. 엘비스 프레슬리, 지미 핸드릭스, 존 레논, 너바나, 몬타나, 메탈리카도 좋아하고…… 사실 뮤지션을 꿈꾸는 다른 사람들처럼 있어 보이는 답을 할 수도 있겠지만, 내가 정말 존경하는 단 한 사람을 꼽자면 한국의 '이경규'라는 코미디언이야."

쯔메이가 고개를 갸웃거렸다.

"코미디언이요? 어떤 점이 존경스러운 건데요?"

건이 두 다리를 앞으로 쭉 뻗고 두 손을 허리 뒤로 뻗어 기대며 말을 이었다.

"이경규란 분은 코미디언으로 데뷔해서 예능으로 큰 성공을 거둔 분이었어. 그런데 그분 꿈은 항상 영화였거든, 영화감독이 되는 것 말이야.

그래서 '복수혈전'이란 영화에서 감독과 주연배우 역할을 맡아서 하신 적이 있었어. 자비로 제작한 영화였지. 근데 그 영화가 쫄딱 망한 거야. 사실 영화 제작 전부터 코미디언이 무슨 영화냐며 여기저기서 조롱을 받았었는데, 망하고 나니 그럴 줄 알았다며 왜 까불다 돈만 날리냐는 소리를 들었지.

한때는 아무것도 모르는 게 괜히 까불다 패가망신한다는

의미의 사자성어가 복수혈전이란 말까지 나왔었어. 엄청난 실패를 한 거지."

쯔메이가 심했다는 듯 인상을 찌푸리자 건이 웃으며 말했다.

"그 후에 다시 예능으로 복귀해서 다시 코미디언의 길을 가셨어, 여전히 승승장구하셨지. 또 오랜 시간 큰 문제 없이 활동하셔서 예능계의 대부로 자리매김하기도 하셨고. 모두가 생각했어, 역시 이경규란 사람은 영화가 아닌 예능이 어울리는 사람이라고. 이제 그만 영화에 대한 꿈을 포기하고 예능만 하라고 말이야. 그런데 그분은 꿈을 포기하지 않으셨고 결국엔 '복면 달호'라는 영화로 다시 도전했어."

말을 멈춘 건은 자신의 말에 귀를 기울이는 쯔메이를 잠시 보다가 다시 입을 열었다.

"물론 영화가 엄청 잘된 것도 아니고, 영화감독이 아닌 제작자로서 참여였지만 말이야."

쯔메이가 고개를 끄덕이며 물었다.

"그럼 꿈을 포기하지 않고 실패를 딛고 일어난 점이 존경스러운 건가요?"

건이 쯔메이를 힐끔 보고는 평상에서 일어나 달을 보며 말했다.

"아니, 누구나 실패는 할 수 있고 실패를 딛고 일어나는 사람은 생각보다 많아. 그런데 말이야, 내 실패에 대해 세상 모든 사람이 조롱한다고 생각해봐. '넌 그거밖에 안 돼', '송충이는 솔잎을 먹어야지', '코미디언 따위가 어디서 신성한 영화를 넘봐, 망해서 잘 됐다' 이런 소리를 들으면서."

건이 평상 주위를 빙글빙글 돌며 말을 이었다.

"가족마저 자신을 인정해 주지 않았고, 세상 모두가 그만 꿈을 포기하라고 말했어. 너의 길은 다르다고 말이야. 네가 잘할 수 있는 것을 하라고 말이야. 하고 싶은 것과 잘하는 것에는 차이가 있으니까."

건이 자신의 움직임에 따라 시선을 움직이는 쯔메이를 보며 웃었다.

"그는 그런 세상 모두의 조롱과 불신에도 꿈을 포기하지 않은 사람이야. 나였다면 어려웠을 것 같아. 내가 못 할 것 같은 걸 해낼 수 있는 사람, 그것이 이경규란 사람이야."

쯔메이가 크게 고개를 끄덕였다.

"그러고 보니 정말 대단한 사람이네요. 단순한 실패가 아닌 세상 모두의 조롱거리가 되고도 포기하지 않았다니 말이에요."

건이 쯔메이가 앉은 평상에 앉아 눈을 맞추었다.

"우리도 하자, 혹시 우리 길을 걷다 세상의 조롱거리가 되더라도 해보자. 해보고 안 되면 또 하자, 될 때까지."

쯔메이가 큰 눈을 깜빡이며 두 손을 꼭 쥐었다.

"네, 오빠. 해봐요, 우리."

건은 쯔메이의 귀여운 화이팅을 보며 웃음을 터뜨렸다.

"하하, 근데 우리 웃기다. 세상 사람들이 놀리는 것도 아닌데, 미리 이런 생각하는 거 웃기지 않아?"

쯔메이는 건과 함께 웃다가 문득 생각난 듯 말했다.

"나 오빠가 해주는 노래 듣고 싶어요. 모두에게 불러주는 노래 말고, 저한테만."

건은 쯔메이의 부탁에 흔쾌히 기타를 꺼내 들었다.

"좋아, 이건 쯔메이와 나만의 노래라고 해두자."

잔잔한 파도 소리와 갈매기 소리가 어우러지는 만재도의 파란 지붕에서 이웃집에 피해가 가지 않을 만큼의 기타 소리가 울려 퍼지고 작게 읊조리는 듯한 노랫소리가 울려 퍼졌다.

우리 모두에겐 꿈이 있어요.

절망과 슬픔을 이겨낼 수 있는 아름다운 노래를 하고 싶어요.

모든 동화 속 이야기들을 믿는다면 우리는 실패를 두려워하지 않을 거예요

우리의 모든 꿈이 현실로 변할 거니까요.

우리의 종착역은 슬픔을 밀어내는 빛이 될 거예요.

나는 천사와 악마를 믿어요.

♪♪♩

다음 날이 지나고, 다시 하루가 지났지만, 만재도의 파란 지붕 집 아래는 네 식구가 아닌, 다섯 식구가 있었다. 기상 상태 악화로 이틀째 만재도로 배가 들어오지 못해 여전히 쯔메이가 남아 있었기 때문이다.

쯔메이는 기상 악화로 섬을 빠져나가지 못한다는 뉴스를 들을 때마다 행복에 겨운 웃음을 지어 지켜보는 연기자들과 스텝들을 흐뭇하게 했다.

삼 일째 되던 날도 나가지 못한다는 소식을 들었을 때는 만세를 부르다 불을 피우고 있던 해신의 모자를 쳐 벗기기까지 했다.

모자가 벗겨져도 사람 좋은 웃음을 흘리며 귀엽다는 눈빛으로 쯔메이를 바라보던 해신이 말했다.

"바람이 거세서 파도가 좀 높긴 한데, 낚시 못 나갈 정도는 아니거든. 나 저쪽 섬 뒤에 바위 골짜기 가서 낚시 한번 해보려고. 어촌 계장님 말씀으로는 거기서 큰놈들 입질이 온다네. 쯔메이, 아저씨랑 같이 갈래?"

건이 통역을 해주자 쯔메이가 신이 나서는 건의 팔을 붙잡고 졸라댔다.

"건 오빠, 건 오빠! 낚시 가고 싶어요, 같이 가요. 네, 네? 한 번도 안 해봤단 말이에요, 네?"

건이 졸라대는 쯔메이를 보고는 깐 홍합을 말리고 있는 상원의 눈치를 보았다.

상원은 홍합을 한 무더기 잡아 하나씩 줄을 세우며 말리며 미소 지었다.

"다녀와라, 건아. 음식은 준호 형이랑 나랑 하면 되니까. 이거 원. 영석아! 이거 섬 생활 자급자족 예능이라고 하지 않았냐? 이게 로맨스지 무슨 예능이야? 헐헐, 아주 파릇파릇하다. 젊음이 좋아, 젊음이."

영석이 웃으며 말했다.

"그러게 말이야, 이거 내 기획 의도랑은 다르게 흘러가기는 하는데, 시청률은 확실히 보장될 거 같은데?"

준호도 웃으며 말했다.

"와! 나도 한 이십 년만 젊었어도 저랬을 텐데 말이야."

준호의 말에 상원이 홍합을 툭 던지며 얼굴을 굳히고 말했다.

"삼십 년!"

준호가 황당하게 쳐다보자 모두가 크게 웃음을 터뜨렸다.

해신은 상원이 허락하자 얼른 낚시 도구들을 챙기더니 자전거를 꺼내 밀고 나와서는 건과 쯔메이를 번갈아 보며 말했다.

"어……. 아 참참, 자전거가 2인승인데…… 에휴 그래. 너네들 둘이 타라, 내가 걸어갈 테니까."

건이 손을 휘휘 저으며 말했다.

"아니에요, 선배님. 제가 어떻게 그래요? 쯔메이랑 둘이 타고 가세요. 제가 걸어갈게요."

해신이 자전거 핸들을 건의 손에 쥐여주며 말했다.

"차엄마 말 못 들었어? 여기서 내가 쯔메이 태우고 가면 로맨스에 방해꾼밖에 더 되겠냐? 으허허허, 저 악마 영석 PD가 자막에 뭘 쓸지 뻔히 보이는데. 둘 사이에 낀 먹구름이 눈치도 없이 웃어젖힌다, 어쩌고 하는 자막 보느니, 그냥 둘이 타고 오붓하게 가는 거 보고 마음 편히 걸어가는 게 나아. 가는 길에 들꽃들도 많이 피어서 예쁘더라. 꽃 구경도 좀 하고."

해신은 극구 자전거를 들이밀며 둘을 태우고는 돌아서서 카메라를 보며 음흉한 웃음을 지었다. 입꼬리를 말아 올리고는 눈짓으로 둘을 가리키는 해신의 모습이 클로즈업되었다.

건은 마지못해 쯔메이에게 둘이 자전거를 타고, 해신이 걸어오기로 했다고 전했다. 그러자 쯔메이가 꺅 소리를 지르며 해신에게 달려들어 안겼다. 해신은 딸 같은 쯔메이가 안기자 기분이 좋은 듯 예의 사람 좋은 웃음을 보였다.

건이 낚시 도구들을 챙겨 자전거 앞 바구니에 넣고, 쯔메이를 부르자 쪼르르 달려와서 건의 뒷자리에 앉아 허리를 꼭 잡는 쯔메이었다.

눈을 꼭 감고 입은 웃고 있는걸 보니 약간 부끄럽지만, 무척이나 기쁜 듯했다.

그 모습을 본 준호가 말했다.

"허허허, 그렇게 꼭 안기지 않아도 될 것 같지 않아? 놀이기구 타는 것도 아니고."

상원이 준호의 말에 일하다 말고 둘을 보고 웃음 지었다.

"낙지냐? 등에 아주 찰싹 달라붙었네. 그렇게 하고 가서 딱 쯔메이 같은 문어 한 마리만 잡아 와라."

건은 어른들이 놀리자 얼굴이 빨개져 얼른 페달을 밟았다.

건은 돌담을 지난 후 담당 VJ와 작가 한 명이 오토바이를 타고 따라붙는 것을 확인하고는 천천히 페달을 굴러 바위 골짜기로 가는 길에 들어섰다.

좁은 들길은 구불구불 이어져 멀리 보이는 바다까지 이어져 있었고, 길의 끝은 파란빛의 하늘과 맞닿아 있었다. 들길 주위는 온통 이름 모를 하얀 꽃들이 가득해 무척이나 아름다운 풍경을 자아냈다.

건과 쯔메이는 은은한 바다 내음과 꽃 내음을 맡으며 기분 좋은 바람에 미소 지었다.

쯔메이가 자전거를 타고 지나가는 동안 손을 내밀어 길 옆에 핀 꽃들을 매만지며 말했다.

"오빠, 오빠! 노래, 노래해 주세요!"

이제는 틈만 나면 노래를 해달라는 쯔메이를 자전거 사이드 미러로 힐끗 본 건이 잠시 고민한 뒤 노래했다.

쯔메이는 건에게 꼭 안긴 채 노래를 기다리다 생각지도 못한 중국어 노래에 놀라 눈을 동그랗게 떴다.

파란 하늘에 구름이 흘러가네요.

파란 바다에 파도가 치네요.

그대와 함께 걷는 이 길엔 꽃이 가득하네요.

여기가 어디인지 기억나지 않아요.

내가 누구인지, 여기가 어디인지 기억할 필요가 없으니까요.

그대와 함께하는 지금 이 순간만이 중요할 뿐이니까요.

쯔메이는 감미로운 미성의 목소리와 달콤한 가사에 반했는지 얼굴이 붉어져서는 건을 더욱 세게 안으며 말했다.

"그…… 그건 무슨 노래에요? 중국어네요. 난 모르는 노래인데……."

건은 약간 붉어진 얼굴로 페달을 세차게 밟으며 말했다.

"방금 내가 만든 노래. 하하하하, 조…… 좀 유치하지?"

빠르게 사라지는 둘의 모습을 담아내던 카메라 감독이 손발을 오므리며 말했다.

"내…… 내 손이 펴지지 않아. 아나따오 오구리토구리 닝겐데스!"

손발을 덜덜 떠는 카메라 감독과는 달리 오토바이 뒷자리에 타고 있던 여성 작가는 눈빛이 몽롱했다.

'젠장. 부…… 부럽다!'

잠시 후.

두 사람이 바위 골짜기에 도착해서 바다를 보며 해신을 기다렸다. 둘은 정확한 낚시 포인트를 모르기에 걸어 오는 해신을 기다려야 했다.

곧 해신이 도착하자, 셋은 약간 위험해 보이는 돌 위로 올라가 각자 포인트를 잡고 낚싯대를 꺼냈다. 해신은 쯔메이와 건에게 미끼를 거는 법을 알려줬지만, 지렁이를 보자마자 질겁하는 쯔메이 덕에 혼자 미끼를 끼워야만 했다.

쯔메이는 예상외로 낚시에 소질이 있었는지, 아니면 초심자의 운인지 계속해서 손바닥만 한 물고기를 낚아 주위를 놀라게 하였다.

계속 물고기가 낚이자 신이 났는지 연신 깍깍 소리를 내며 좋아하던 쯔메이는 물고기를 만지지 못해 낚을 때마다 낚싯대를 해신에게 내밀었다. 해신은 정작 본인의 낚시는 못 하고 쯔메이의 수발만 들다 시간을 보냈다.

건은 그런 쯔메이가 귀여운 듯 눈웃음을 지으며 바다로 눈을 돌렸다.

그때.

"아아! 꺄아아아!"

쯔메이의 비명 소리가 들렸다.

"뭐, 뭐야!"

큰 소리에 놀란 건이 바위에 걸터앉았던 엉덩이를 떼고 벌떡 일어났다.

"쯔메이!"

지금껏 낚았던 고기보다 유난히 큰 우럭을 낚은 쯔메이가 기쁜 나머지 해신에게 자랑하려 몸을 돌리다 그만 바다로 떨어진 것이다. 셋이 서 있던 바위는 수면에서 2m 이상 높게 솟아오른 바위 절벽이었기에 건의 마음이 다급해졌다.

스텝들과 해신이 우왕좌왕하는 틈에 건이 바다로 뛰어들었다. 어찌나 급했는지 뛰어내리며 공중에서 손에 든 낚싯대를 팽개치고 물속으로 첨벙 뛰어든 것이다.

카메라 감독은 경황이 없는 와중에도 건의 모습을 카메라에 담아냈다.

건은 물속에 잠시 가라앉았다가 수면 위로 고개를 내밀고 외쳤다.

"쯔메이, 쯔메이 어디 있어?"

물을 휘저으며 두리번거리던 건이 입을 크게 벌리고 멍한 표정을 지었다. 자신의 등 뒤에 쫄딱 젖은 채 서 있는 쯔메이가 햇살을 등지고 생글생글 웃고 있었기 때문이다.

건이 황당한 표정으로 쯔메이를 보자 그녀가 허리에 손을 가져다 대며 말했다.

"요기, 요기까지밖에 안 오는데. 하나도 안 깊은데, 여기."

건이 자신의 허리를 보니 자신에게는 허벅지 상단 부근까지 오는 깊이였다. 바위 위를 보니 카메라 감독과 작가, 해신이 배를 잡고 뒹굴며 웃어대고 있었다.

건이 너무 부끄러운 나머지 얼굴을 붉게 물들이고 어쩔 줄 몰라 하자, 쯔메이가 눈웃음을 지으며 다가와서 손을 잡았다. 카메라가 먼바다를 비추었다가 젖은 몸으로 서로를 바라보고 있는 건과 쯔메이를 비췄다.

바닷물로 인해 몸에 딱 붙은 티셔츠를 떼어내고 있는 너무나 아름다운 남자아이와 귀엽고 해맑은 웃음이 얼굴에 가득한 소녀의 주위로 파도에 밀려온 물이 눈부시게 튀었다.

쯔메이는 두 눈 가득 웃음기를 주렁주렁 매달고 말했다.

"건이 오빠! 내가 그렇게 걱정됐어요?"

건이 말을 잇지 못하고 먼바다를 보며 애꿎은 바닷물을 휘휘 저어대자 쯔메이가 말했다.

"헤헤헤. 오빠 우리 나가요, 감기 걸려요."

건은 쯔메이와 눈도 마주치지 못하고 먼바다를 쳐다보며 바다에서 나왔다.

[그날 밤의 마당 인터뷰 내용]

영석 : 쯔메이 씨, 아까 바다에 빠졌을 때 건 씨가 따라 뛰어들었는데, 그때 기분이 어땠어요?

쯔메이 : 너무너무 행복했어요, 너무너무 감동했고요!

영석 : 하하, 그렇게 좋았어요? 건 씨는 엄청 부끄러워하던데.

쯔메이 : 네네, PD님도 보셨죠? 너무 귀엽지 않았어요?

영석 : 그러게요, 하지만 웃겼어요. 이야기 듣고 촬영분 확인하다가 뒤집어지는 줄 알았답니다.

쯔메이 : 헤헤헤! 너무 좋아요, 건 오빠!

영석 : 그렇게 좋아요? 그러다 건 씨 팬들에게 무슨 말을 들으시려고 그래요?

쯔메이 : 어머, 상관없어요, 전. 아까 건 오빠가 자전거에서 불러준 노래 들으셨죠?

영석 : 네 들었어요. 그게 왜요?

쯔메이 : 건 오빠가 처음으로 만든 노래가 절 위한 노래였다고요. 이

정도면 인정해 주셔야죠.

영석 : 뭘 인정해요?

쯔메이 : 건의 여자! 시청자분들도 그만 인정하시죠?

갑자기 끼어든 해신 : 우리 건이……. 아주, 로맨스 가이야, 아주. 쯔메이! 어디 있어!

옆에서 도는 상원 : 내가 거기 있었어야 했는데! 아, 그걸 못 봤네……. 내가!

평상에서 기타를 치는 준호 : 사랑, 사랑 누가 말했나.

해신은 쫄딱 젖은 건과 쯔메이를 데리고 얼른 집으로 돌아왔다. 낚시는 이미 쯔메이 혼자 물고기를 일곱 마리나 낚아 올려 충분했다.

건은 따뜻한 물로 샤워하고 나서야 부끄러움이 조금 가시는 것 같았다, 샤워하고 나온 건을 기다리는 상원, 해신, 준호의 웃음기 있는 눈빛들을 보기 전까지.

"쯔메이! 어디 있어?"

"푸하하하하! 쯔메이!"

"내가 웃겨서 진짜, 쯔메이가 물속에서 벌떡 일어나니까 건이가 그거 보고 벙쪄서는! 으하하, 으하하!"

과장된 몸짓으로 건의 흉내를 내는 해신과 평상 위를 굴러다니며 웃고 있는 상원, 준호를 보고는 붉어진 얼굴로 뒤통수만 연신 긁어대는 건이었다.

그 날 이후.

해신, 상원, 준호는 쯔메이를 부를 때 항상 소리쳤다.

"쯔메이! 어디 있어!"

◈ 2장 ◈

모든 일의 시작은 꿈을
꾸는 일이다

　만재도에서의 촬영이 잘 마무리되었다. 쯔메이는 결국 일주
일이나 머물다 가게 되어 촬영 분량의 반 이상을 함께했다.

　일주일 후 드디어 배가 떠난다는 소식이 들리자 눈물을 글
썽이는 모습에 스텝들을 비롯해 연기자들도 서운한 마음에 코
끝이 찡해졌다. 워낙 해맑고 친절한 성격의 아이라 일주일만
에 모두와 정이 들었기 때문이었다.

　특히 배가 떠나기 직전 눈물이 그렁그렁한 눈으로 손을 흔
들며 인사하던 쯔메이가 다시 달려와 해신, 상원, 준호에게 차
례대로 안긴 후, 건 앞에 서서 한 기습 볼 뽀뽀는 엄청난 화제
가 되었다.

　의도치 않았지만, 한국에서 쯔메이라는 외국인 스타가 탄생

하는 순간이었다. 삼시 세끼가 방영되고 2회 차 방송까지의 실시간 검색어는 다음과 같았다.

1위 김 건

2위 차엄마

3위 참바다 씨

4위 함준호

5위 함준호 기타 가격

6위 차엄마 레시피

7위 만재도 삼 대장

하지만 3회차에 쯔메이가 등장하기 무섭게 2위의 차엄마가 밀리고 쯔메이가 치고 올라왔다. 해맑고 깨끗한 이미지의 쯔메이가 한국의 팬들에게 크게 어필된 것이다.

쯔메이는 만재도를 떠나 곧바로 중국으로 귀국했지만 중국까지 따라간 한국의 기획사 사람들에게 크게 시달렸다.

하지만 건과의 약속대로 학교에 복귀하여 미술 공부에 전념하였기에 곧 대중의 기억에서 서서히 멀어졌다.

건은 팡타지오에서 계획한 대로 예능으로 화제의 중심에 섰고, 덕분에 계획대로 집 앞에 진을 치고 있던 기자들에게서 벗어났다.

방송 이후 팡타지오 측에서 사전 협의 없이 가택 주위에서 기습적으로 이루어지는 인터뷰 요청에 대해 법적으로 대응하겠다는 강경한 태도를 밝혔기 때문이기도 하다.

팡타지오는 애초의 목적은 이루었으나, 다른 이유로 발등에 불이 떨어졌다. 건이 만재도에서 돌아오자마자 준호의 말을 듣고 느낀 바를 행동으로 옮겼기 때문이었다.

건은 다음 촬영으로 예정되어 있던 마이 빅 텔레비전 출연을 미루고 바로 검정고시를 본 후 대입 수능까지 한 번에 치르겠다고 선언하였고, 이어진 검정고시를 한 번에 패스하여 자신이 뱉은 말을 지켰다.

그 시각, 중국 상하이 팡타지오 스퀘어 22층.

팡타지오는 강력한 자금력을 갖춘 기업답게 커다란 빌딩을 소유하고 있었다. 1층부터 10층까지는 쇼핑센터와 영화관, 뮤지엄 등이 자리하고 있었으며, 11층부터 18층까지 연습생들이 사용하는 트레이닝 센터, 댄스 연습실, 음반 녹음실, 마스터링실, 연기 연습실, 액션 스쿨 등이 운영되고 있었다.

19층부터 21층까지는 프로덕션의 사무실로 사용되고 있었는데, 이곳 22층은 팡타지오 최상부에 존재하는 두 명의 이사의 방과 회장실만이 존재했다.

22층 전체에는 이 셋과 각기 두 명씩의 비서만 있었기에 매우 넓고, 쾌적했으며, 고급스러운 인테리어로 사방이 치장되어 있었다.

쾅!

"이거 어떻게 해야 하는 거야? 6개월간 제대로 활동하기로 이야기된 거 아니었어?"

네이비 계열 베르사체 콤비 정장에 파란 바탕에 흰 줄이 들어간 고급스러운 넥타이를 맨 왕하오 팡타지오 회장이 30명은 족히 앉을 수 있는 회의실 테이블에 보고서를 던지며 소리쳤다.

50대 후반의 나이지만 젊을 때부터 연예계 일을 해왔기 때문인지, 웨이브 진 머리를 6:3 가르마로 멋들어지게 빗어 넘긴 그가 테이블 앞에 앉아 있는 이들을 보았다.

그의 앞에는 두 명의 이사가 있었는데, 한 명은 30대 후반가량의 젊은 남성으로 가죽점퍼에 청바지를 입고 인상을 찌푸리고 있었다.

"린, 이게 어떻게 된 거지? 나 역시 미리 이야기된 걸로 알고 있는데 말이야. 이래서 초기에 6개월 단발성 계약이라도 계약금을 주고 일을 시작하자고 그렇게 말했건만."

놀랍게도 남은 한 명은 중국 CCTV의 관계자로 만났던 손

린이었다.

손 린은 손에 들고 있던 펜을 테이블에 통통 두들기며 한 손으로는 턱을 괴고 말했다.

"옌안 이사님, 계약금을 주고자 했다면 건이 계약을 수락하지 않았을 겁니다. 그는 아직 연예계에 뜻이 없으니 묶여 있기 싫었을 테니까요."

꽝타지오는 김 건을 영입했던 린의 능력을 인정하여, 거액을 주고 꽝타지오로 영입을 결행했다. 처음에는 이직 의사가 없던 린이 이사 자리를 주겠다는 꽝타지오 왕하오 회장의 제안에 이 주일 전에 마음을 바꾸고 이곳 꽝타지오 스퀘어로 보금자리를 옮긴 것이다.

린이 자리에서 일어나 회의실의 대형 스크린의 ON 버튼을 눌렀다.

스크린에 떠오른 PPT 화면에는 건의 사진과 구조도로 보이는 도형들이 있었다.

"이틀 전, 한국에 파견되어 있는 이병준 매니저와의 통화로 현재 김 건 씨의 계획에 대해 들을 수 있었습니다. 화면에 나와 있듯이 김 건 씨는 예능에서 만난 한국의 전설적인 기타리스트 함준호 씨의 조언에 따라 자신의 실력을 키울 방법을 찾아 스스로 시행하고 있습니다."

린이 PPT의 컨트롤러를 조작하자 화면이 넘어갔다.

화면에는 함준호의 사진이 떠올라 있었다.

"한국의 고등학교 검정고시를 패스한 김 건 씨는 현재 일주일 모두를 음악과 관련된 일정에 사용하고 있습니다. 먼저 월요일은 앞서 언급 드렸던 함준호 씨와 그의 연습실에서 클래식 기타와 어쿠스틱 기타 위주의 강습을 받고 있습니다. 이병준 매니저의 말로는 만재도에 있는 동안 건 씨에게 기타를 가르쳐 본 함준호 씨가 경이적인 습득력을 보이는 건 씨에게 스스로 가르치겠다는 제안을 했다고 합니다.

다음 화면에는 40대 중반의 안경을 쓴 민 머리 남성이 떠올랐다.

"화요일의 스케줄입니다. 화면에 보이는 인물의 이름은 '남궁 연'입니다. 함준호 씨의 소개로 만난 대한민국 굴지의 드러머입니다. 박자 감각을 키우기 위해 수면 시에도 메트로놈을 들으며 자는 건 씨의 일상을 듣게 된 함준호 씨가 드럼을 배우는 것을 추천하며 소개해 주었다고 합니다. 조금 특이한 이력으로는 한국의 전 대통령인 윤보선 대통령의 친아우인 윤완선 옹의 외손자라는 점이 있습니다."

린이 다시 PPT의 컨트롤러를 조작했다.

화면에 가죽점퍼를 입고 거칠게 생긴 장발에 콧수염까지 있는 남자가 떠올랐다.

"수요일입니다. 화면에 보이는 인물은 한국 스래쉬 메탈 그

룹 'CRASH'의 보컬 겸 베이시스트인 '안흥찬' 씨입니다. CRASH는 미국의 유명 메탈 밴드인 Fear Factory의 프로듀서, 콜린 리처드슨이 프로듀싱을 맡아 유명해진 밴드로 90년대 중반에 한국을 주름잡았던 '서태지와 아이들'의 피처링을 맡기도 하였습니다."

서태지와 아이들의 사진이 화면에 나오자 잠시 말을 멈췄던 린이 화면이 바뀌자 다시 말을 시작했다.

"드럼을 가르치고 있는 남궁 연 씨의 소개로 베이스 드럼과 연계되어 멜로디 라인을 만들어내는 베이스 기타를 배우기 위해 강습을 받고 있다고 합니다."

다음 슬라이드에는 회색의 짧은 모히칸 머리를 하고 안경을 쓴 통통한 중년인이 떠올랐다.

"목요일의 스케줄입니다. 화면에 보이는 인물은 한국의 전설적인 작곡가 '김형석' 씨입니다. 함준호 씨와 친분이 깊었던 그가 연습실에 놀러 왔다가 건의 노래를 듣고 매우 놀랐다고 합니다. 몇 번 구경하러 오더니 자신이 음악의 기본이 되는 피아노와 프로듀싱 방법을 알려주겠다며 나섰습니다."

린이 일어나며 옌안과 왕하오에게 다가오며 컨트롤러를 조작했다.

화면에 정장을 입은 50대 초반의 인상 좋은 남자가 떠올랐다.

"금요일은 좀 특이합니다. 화면에 보이는 인물은 한국의 바리톤 성악가인 '서정학' 씨입니다."

왕하오 회장이 고개를 모로 기울이며 물었다.

"뭐? 성악가? 딴 사람들은 그래도 다 이해가 되는 라인 업인데, 갑자기 성악가가 왜 나오지?"

린이 왕하오 회장과 옌안을 번갈아 보며 말을 이었다.

"저도 처음에는 이해가 가지 않았습니다. 이병준 매니저를 통해 들은 바로는 작곡가 김형석 씨의 추천이었다고 합니다. 서정학 씨는 90년대 미국과 유럽의 오페라 무대에서 전설적인 업적을 남긴 이입니다.

오히려 모국인 한국에서는 별로 유명하지 않죠. 성악과는 발성의 궤를 달리하는 대중음악이지만, 처음 발성법을 배우는 건 씨에게 클래시컬한 기초를 다지게 하기 위해 성악의 발성법을 가르치는 것이라고 합니다. 일반적인 보컬 트레이너는 알려줄 수 없는 '등을 쓰는 법' 같은 것을 말입니다."

왕하오가 고개를 끄덕이며 수긍했다.

"음……. 확실히 기초를 다지기에 성악만큼 좋은 것은 없긴 하지. 그래서, 이런 스케줄을 소화하고 있어서 방송을 모두 미뤘다는 건가? 김 건 개인에게는 좋지만, 우리에겐 좋을 게 없지 않은가?"

옌안 역시 동의한다는 듯 고개를 끄덕이며 린을 바라보

왔다.

린은 다시 가지고 있던 PPT 컨트롤러를 들어 올려 버튼을 눌렀다.

"여길 보시죠."

떠오른 PPT 화면에는 세 개의 건물 사진이 나와 있었다.

"건 씨가 지망하는 대학입니다. 곧 이 세 학교에 입학원서를 넣을 예정이죠. 그런데 학교들, 이상하지 않나요?"

황하오가 오른손으로 턱을 쓸며 말했다.

"뭐지? 저 세 학교를 모두 지원한단 말인가? 이상하잖아? 문과, 이과, 예체능에 대표적인 학교들인데 말이야. 내가 알기로 김 건은 문과생으로 알고 있는데, 이거 확실한 건가?"

옌안이 벌떡 일어나며 말했다.

"한국 내에서 수재란 건 알고 있어. 또, 음악에 천부적인 재능이 있다는 것도 알지! 그런데 저 세 학교를 동시 지원할 수 있다는 건 믿을 수 없어!"

화면 안에 세 학교는 왼쪽부터 하버드, MIT, 줄리어드였다.

린이 팔짱을 끼며 말했다.

"그렇죠, 아마 세 학교 모두 합격하긴 어려울 겁니다. 셋 중 한 군데만 합격해도 다행이겠죠."

어리둥절한 표정을 짓고 있는 둘에게 린이 말했다.

"다음 달에 건이 세 학교의 시험을 볼 겁니다. 하버드와

MIT는 입학시험을, 줄리어드에서는 실기 시험을 보게 되겠죠. 그런데 외국 유명 대학에는 공통점이 있습니다. 바로 시험 성적만으로 평가하지 않고 인터뷰를 본다는 거죠."

옌안이 소파에 다시 앉아 몸을 깊숙이 묻으며 말했다.

"그런데? 인터뷰가 왜?"

린이 그런 옌안을 내려다보며 말했다.

"세 학교에 협조 공문을 보낼 겁니다. 안 되면 기부금이라도 쓸어 보낼 거고요. 건은 이 세 학교의 인터뷰를 온라인상에서 실시간 화상채팅으로 보게 될 겁니다. 또 우리는 세계 최초로 문, 이, 예체능의 최고 대학의 인터뷰를 마이 빅 텔레비전을 통해 중계하게 될 겁니다."

왕하오가 놀라 소리쳤다.

"뭐? 그게 가능해?"

옌안 역시 매우 놀라 소리쳤다.

"말도 안 돼! 그 콧대 높은 명문대 코쟁이들이 그런 걸 허락할 리 없잖아!"

린이 싱긋 웃었다.

"이 세 학교는 최근 10년간 급격히 성장하는 아시아를 주목하고 있다는 공통점을 가지고 있습니다. 실제로 매년 신입생 중 아시아인이 전년 대비 20% 이상씩 늘고 있죠. 자신들의 학교에 입학을 희망하는 예비 아시아인 인재들에게 어필할 좋은 기회가 될 수 있기에 매력적인 제안이 될 겁니다."

왕하오가 한 손으로 얼굴을 쓸며 말했다.

"으음……. 만약 가능하기만 하다면, 최고의 퍼포먼스가 될 텐데 말이야. 그 자체로도 화제가 되니까……. 이건 비단 한국뿐 아니라 전 세계에서 주목할 거야. 한국의 방송사 프로그램에서 진행한다는 게 아쉽군."

옌안 역시 경악한 눈으로 린을 바라보며 말했다.

"손 린 이사, 대단한 전략인데? 하지만 이거 현실 가능성 있겠어?"

린이 자리에 앉은 후 깍지를 끼고 말했다.

"되게 해야죠, 어떻게든. 한국의 방송사에는 아직 기획 내용을 말하지 않았습니다. 세 학교에 허가를 받은 후 움직일 생각이에요."

왕하오가 일어나며 린의 어깨를 툭툭 치며 말했다.

"좋아, 큰돈 들여 영입한 보람이 있군, 그래. 잘 부탁하네."

린이 자신감 있는 얼굴로 웃었다.

2주 후.

서울에 폭우가 내렸다. 맑은 하늘이 순식간에 어두워지더니 엄청난 비가 쏟아졌고, 나들이를 나왔던 사람들이 건물로 대피했다.

한산해진 도로 옆에 검은 밴이 정차해 있었다. 운전대에 손을 올리고 비가 오는 것을 바라보고 있던 병준이 옆자리를 보며 낮은 목소리로 물었다.

"왜 그랬어?"

건이 조수석에 올린 발을 꼼지락거리며 웃었다.

"뭐가요?"

병준이 진지하지 못한 건을 보며 한숨을 지었다.

"학교 말이야, 너 지난 2주간 네가 얼마나 화제였는지 몰라서 그래?"

건이 비 오는 창밖으로 고개를 돌리며 답했다.

"알고 있어요, 형. 저도 뉴스 봤으니까."

병준이 답답하다는 듯 운전대를 탕탕 치며 말했다.

"그런데 왜? 하버드와 MIT는 떨어졌다지만, 서울대는 갈 수 있었잖아? 왜 그랬어?"

건이 창밖을 보며 눈을 감았다.

창밖의 빗소리가 음악인 것처럼 고개로 리듬을 타던 건이 다시 눈을 뜨고 병준과 눈을 맞추었다.

"음악 할 거라는 거, 형도 잘 아셨잖아요."

병준이 두 손을 올려 휘저으며 말했다.

"아니, 서울대 가면 음악 못해? 연고대가면 못해? 누가 그래? 누구나 바라는 일이야! 왜 널 반기지도 않는 곳에 가겠다는 건데? 여기 한국이고, 넌 한국인이야, 아니! 중국이나 일본인이었더라도 마찬가지다, 건아. 네가 포기한 그 두 학교 명함이면, 넌 음악인으로서든, 그 무엇이든 성공할 수 있었잖아!"

"왜? 왜 하필, 제일 반응이 미적지근했던 줄리어드야? 너 버클리 쪽에서도 입학 제안받았다며, 왜 줄리어드야? 어차피 음대면 조건 좋은 쪽으로 가던가, 그 좋은 대학 다 포기하고 왜 장학금도 없고 기숙사 혜택도 안 준대서 화젯거리도 안 된 줄리어드냐고?"

병준은 자신을 바라보지 않고 비 오는 창문으로 고개를 돌린 건에게 계속 말했다.

"음악이 하고 싶은 건 나도 알아, 근데 너 줄리어드가 어떤 곳인지 알고 있는 거야? 재학생의 몇 퍼센트가 중도에 포기하는 곳인지 알고 있느냐고!"

줄리어드 스쿨.

뉴욕 시 맨해튼의 링컨 공연센터에 위치한 줄리어드는 1905년 뉴욕 공립학교의 음악교육 담당자인 프랭크 댐로시에 의해 음악 예술 연구원(Institute of Musical Art)이라는 이름으로 설립되었고, 1968년에 줄리어드 스쿨로 개명함으로써 모든 공연 예술 분야를 포괄하게 되었다.

오늘날 줄리어드는 음악 학과, 무용 학과와 드라마 학과, 재즈 연구소, 그리고 대학 진학 예비 학교와 대학원 과정 등으로 이루어져 있다.

건은 병준을 힐끗 본 후 말했다.

"알아요, 소문도 들었고 따로 찾아보기도 했으니까."

건은 다시 창밖으로 고개를 돌린 후 말을 이었다.

"그런데 그거 알아요, 형? 줄리어드가 작년 응시자 중 몇 %를 신입생으로 뽑았는지."

병준이 답하지 않자 건이 병준을 돌아보며 말했다.

"6.4%래요, 전체 지원자 중 신입생을 뽑은 비율이 말이에요."

건은 자신을 빤히 보고 있는 병준을 보며 싱긋 웃었다.

"버클리요? UC 버클리도 아니고 버클리 음대에요. 형도 들은 바 있으실 텐데요? 돈만 내면 들어갈 수 있는 학교라는 말, 물론 진짜인지는 모르지만."

"작년 신입생을 뽑은 데이터를 찾아봤어요. NEC(New England Conservatory)와 맨하튼 음대가 각 102명, 줄리어드는 109명이에요."

건이 병준을 보며 검지를 들어 올렸다.

"그런데 버클리 음악대학은 1,012명을 뽑았다고 하네요. 이 정도면 각이 나오지 않아요?"

병준이 답답하다는 듯 말했다.

"그래, 음대 중에는 그렇다 치자. 안 아까워? 무려 서울대야, 서울대! 너 연예계에 뜨고 지는 별이 얼마나 많은 줄 알아? 너 나중에 돌아와서 인기 없으면? 한국이든, 중국이든 모두가 널 잊는다면 어쩔래? 음악을 할 수 없는 상황에서 구명할 방법은 있어야 할 거 아니냐."

"그래도 배운 게 있으면 나중을 위해서라도 나쁠 건 없잖아? 음악 공부는 학교 외 시간에 하면 되잖아. 그렇게 하는 사람들도 많고, 세상의 모든 음악인이 음대를 나온 건 아니잖아."

건이 카 시트를 뒤로 젖혀 좀 더 편안히 몸을 눕히고는 왼팔을 이마에 얹었다.

"형 말씀도 분명히 일리가 있어요."

병준이 건의 왼쪽 팔꿈치를 잡아 팔을 내리고 건의 얼굴을 보았다.

"그래? 알면서 왜 그랬어?"

건이 자신의 팔을 잡은 병준을 빤히 보았다. 둘 사이 잠시간 정적이 흘렀다.

"진지하고 싶으니까요."

건이 팔을 살짝 털어 병준의 손을 밀어낸 후 카 시트를 다시 일으켜 세웠다.

"전 말이에요, 할 거 다 하고 남은 시간 짬을 내서 할 만큼 음악을 가볍게 보지 않아요. 실제로 줄리어드 학생들은 아침 9시부터 밤 9시까지 쉬지 않고 연습하기로 유명하고요."

건이 갑자기 생각난 듯 미소를 지으며 병준을 돌아봤다.

"형도 보셨죠? 면접 자리에 나온 갈색 머리 여성 분."

병준이 고개를 끄덕이며 그녀를 떠올렸다.

샤론 이즈민(Sharon Ismin). 클래식 기타리스트이자 Juilliard Guuitar Department의 창립 이사로, 학창시절에는 예일 대 Master of Music 수상, 성인이 되고 나서는 미국의 그래미 어워드에서 수상한 천재 여성 기타리스트였다.

올해 59세가 된 그녀는 20대부터 미모의 기타리스트로 이름을 날렸던 만큼 늙은 나이에도 그 미모가 빛을 잃지 않은 미중년이었다.

인터뷰 자리에 혼자 나온 그녀는 시종일관 일반 면접 시와 동일한 태도를 보여 전주부터 인터넷 방송을 지켜보았던 시청자들을 당황하게 했다.

건이 몽롱한 미소를 지으며 눈에 초점을 잃었다.

"중학교 2학년 때였어요. 그 교수님의 연주를 들은 건……. 제일 처음 들어봤던 건 'Asturias'라는 곡이었어요."

건이 다시 초롱초롱한 눈빛을 되찾으며 병준 쪽으로 몸을 숙이며 말했다.

"형 Asturias라는 곡 알아요? 그 곡 이삭 알베니즈(Isaac Albeniz)라는 스페인 피아니스트 겸 작곡가의 곡이에요. 굉장하지 않아요? 피아노곡을 기타로 친다는 것."

건은 병준이 별 반응을 하지 않자 입맛을 다시며 다시 창밖으로 시선을 돌렸다.

"모르시나 보구나. Asturias라는 곡은 스페인 민속 음악을 접목한 음악이에요. 샤론 교수님 이후에도 많은 클래식 기타리스트들이 도전했죠. 물론 샤론 교수님의 연주가 최고였지만요."

건은 손을 들어 기타를 치는 시늉을 하며 눈을 감았다.

"물론 제가 하고 싶은 음악은 클래식이 아니에요, 록이죠. 하지만 전 틀에 갇히고 싶지 않아요. 록을 하는 뮤지션들이 자유로워 보이시죠? 겉으로만 그래요, 그게 멋있으니까."

"속으로는 자신들이 만든 음악이란 새장 안에 갇혀 탈출하고 싶어 몸부림치고 있대요. 많은 뮤지션이 늘그막에 쓴 일대기에 공통적으로 들어가는 말들이니, 아마도 사실이겠죠."

건은 기타를 치는 시늉을 멈추지 않고 병준을 보았다.

"형도 궁금하지 않아요? 틀에 갇힌 새에게 새장을 탈출할 능력이 있다면, 어떻게 일이 벌어지게 되는지."

병준은 아무 말 없이 건을 보며 고개를 끄덕였다. 건은 그런 병준을 보며 말했다.

"그래서 줄리어드에 가요. 나중에 내가 새장에 갇힌 새라는 걸 깨닫게 되는 순간, 내게 그 새장을 탈출할 능력을 키워줄 곳이니까요."

병준은 고개를 절레절레 저었지만 수긍하는 듯한 한숨을 지었다. 건은 그런 병준을 잠시 바라보고는 두 팔을 들어 목 뒤로 깍지를 꼈다.

"린 이사님은 뭐라고 하세요?"

병준이 말없이 안 주머니에서 자신의 스마트폰을 꺼내 문자를 보여주었다. 액정에는 단 한 줄의 글이 짧지만, 여운 있게 새겨져 있었다.

그를 믿어요.

건은 코끝이 시큰해지는 것을 느껴 손으로 코를 비볐다.

"헤헤. 형도, 린 이사님도, 영석이 형도, 다 제 걱정을 해주시는 좋은 분들이에요."

창밖에 떨어지는 빗줄기가 조금씩 멈추고 구름 사이에 햇살이 얇은 햇살이 비쳤다. 건은 창문을 열고 손을 내밀어 아직 그치지 않은 비를 손으로 맞았다.

"걱정해서 하는 말씀인 거 잘 알아요. 자신 있냐고 물어보시면, 사실 자신은 없어요."

건이 비에 젖은 손을 창 안으로 가져와 입술로 살짝 핥았다.

"그래도 해볼래요, 해보고 안 되면 할 때까지 하기로 약속했거든요. 부끄럽지 않은 사람이 될래요."

병준이 건을 보며 눈썹을 꿈틀했다.

"너 그거 쯔메이랑 약속한 거잖아? 너 설마, 걔한테 동생 이상의 감정 가지고 있는 거야? 정신 차려 임마, 걔는 팬이야."

건이 피식 웃으며 고개를 저었다.

"아니요, 쯔메이에게 그런 마음은 없어요. 헤어질 때 전화번호 교환도 안 했는걸요? 영석이 형이 안 막아주셨으면 줄 뻔했지만."

건이 다시 창문을 열어 완전히 그친 하늘을 바라보았다.

"하지만, 그날 밤. 만재도의 별이 가득한 하늘을 보며 끝까지 포기하지 말고 해보자는 약속은 쯔메이와 한 것이 아니라 나 스스로와 한 것이니까⋯⋯. 나에게 부끄러운 사람이 되고 싶지 않아요."

병준이 약간 안심된 표정으로 시계를 힐끗 보고 말했다.

"그럼 언제 가는 거야? 숙소는 구했어?"

건이 창틀에 팔을 걸치고 아련한 눈으로 하늘을 보았다.

"이틀 뒤에 가려고요. 학기 시작하려면 아직 멀었지만, 미리 가서 짐 정리도 하고 준비해야죠. 숙소는 학교에서 두 블록 떨어진 곳이라 걸어 다닐 수 있어요. 기숙사에 갈 수 있었다면 좋았겠지만, 저에게 허락된 일은 아니라니까요. 맨하튼 웨스트 64번가예요. 미국에 오시면 놀러 오세요, 형."

병준이 고개를 끄덕이며 말했다.

"그래, 꼭 들릴게. 도착하면 집 주소 꼭 알려줘. 연주가 네 앞으로 선물 들어 온 옷들 어떡하냐고 묻더라. 옷은 어차피 소모품인데 거기서도 사 입을 거 아냐. 헛돈 쓰지 말고 주소로 보내줄 테니까 입고 다녀, 대충 봐도 한 트럭이더라."

건이 빙긋 웃으며 병준의 팔짱을 끼며 말했다.

"그 명품 옷들요? 학교 친구들이 저 재벌 2세인 줄 알면 어쩌죠?"

병준이 팔꿈치로 건을 슬쩍 밀며 말했다.

"남자 취미 없으니 떨어져, 인마. 그나저나 미국에서 혹시 연예계 관련 일 생겨도 팡타지오는 커버 못 해, 미국은 아직 진출 안 해서. 혹시 그쪽에서 누가 계약하자고 하면 해. 대신 동북아시아 쪽 판권은 우리에게 줬으면 좋겠다. 6개월 단발 계약이니 안 해줘도 어쩔 수 없지만……."

건이 실실 웃으며 말했다.

"어라? 린 이사님 전화번호가…… 어디 있더라? 병준 형이 계약 안 해도 된다고 하네요, 린 이사님!"

"뭐야? 이 자식이!"

차 안에서 웃으며 투덕거리는 둘 위로 환한 태양이 모습을 드러내었다.

이 세상에 가장 중요한 것은 내가 '어디'에 있는가가 아니라, '어느 쪽'을 향해 가고 있는가를 파악하는 일이다.

-올리버 웬델 홈즈-

◈ 3장 ◈

네 번째 만난 사자(死者)

　뉴욕 센트럴파크와 맞닿은 웨스트 68번가의 주택가, 십 대로 보이는 소녀 둘이 침대에 엎드려 테블릿 컴퓨터의 영상을 보고 있었다.

　화장실을 다녀온 것으로 보이는 갈색 머리 소녀가 침대로 다가오며 물었다.

　"제니퍼, 클로렌. 뭐 재미있는 거라도 있어? 뭘 그렇게 보고 있는 거야?"

　엎드린 채 고개만 돌려 소녀를 본 금발 머리 소녀 제니퍼가 말했다.

　"케일라, 이리 와봐. 클로렌이 발견한 건데 특이한 영상이 있어."

케일라가 제니퍼 옆에 엎드리자 클로렌이 테블릿 컴퓨터를 조작하며 말했다.

"이게 지금 Hot Video Clip으로 올라오고 있는 건데, 제목이 'Girls meet Vampire Prince'라고 하거든? 이거 리액션 비디오인데, 지금 시리즈로 계속 올라오고 있어."

케일라가 엎드린 채 팔꿈치로 침대를 받치고 몸을 살짝 일으키며 물었다.

"리액션 비디오? 그거 K-pop 뮤직비디오 같은 거 보면서 반응 찍는 영상 아니었어? 난 그거 바보 같던데."

클로렌이 고개를 끄덕이며 말했다.

"응, 리액션 비디오라는 게 뭔가를 보고 그것에 대한 솔직한 표정 변화를 보여주는 영상인 건 맞는데, 이건 뮤직비디오나 영화가 아니야."

케일라가 한쪽 팔로 머리를 괴고 옆으로 누우며 물었다.

"응? 그럼 뭔데? 드라마? 그런 제목이라면 보통 그런 거 아냐?"

클로렌이 검지를 까딱까딱하며 말했다.

"아니, 일단 봐봐, 이거."

클로렌이 시작 버튼을 터치하자 영상이 재생되었다.

영상에는 한 십 대 소녀가 나무가 많고 잔디가 있는 곳에 앉아서 주위를 두리번거리는 것부터 시작되었다.

케일라가 영상을 가까이서 요리조리 보더니 말했다.

"응? 여기 단테 공원 아냐? 링컨 센터 주위에 있는 작은 공원."

클로렌이 맞다는 듯 고개를 끄덕이며 손가락을 입술로 가져가며 영상을 눈짓했다. 케일라는 클로렌의 눈짓에 다시 영상으로 시선을 돌렸다.

영상 속에서 카메라를 들고 있는 것으로 추정되는 소녀의 목소리가 카운트를 하는 것이 들렸다.

"5, 4, 3, 2…… 1. 온다!"

영상 속의 소녀는 갑자기 한 곳을 보고는 눈이 왕방울만 하게 커졌다. 눈동자를 보니 무언가 움직이는 사물을 보고 있는지 눈동자가 옆으로 계속 움직이고 있었고, 두 손은 자기도 모르게 모아 가슴으로 끌어안은 채 입이 찢어지라 벌리고 껄껄거리는 소리를 내고 있었다.

지나가는 차라도 보는지 고개를 서서히 돌려 더 이상 고개가 돌아가지 않을 만큼 고개를 꺾은 소녀는 다시 화면을 보며 외쳤다.

"What? Holy Shit! 정말이잖아!"

그러고는 테블릿 컴퓨터의 화면이 블랙아웃 되었다.

케일라가 이게 도대체 무슨 영상이냐는 듯 손바닥을 하늘로 하고 어깨를 으쓱하자, 가만히 보고 있던 제니퍼가 말했다.

"케일라, 이거 사람 지나가는 거 보고 찍은 리액션이래."

케일라가 고개를 갸웃하며 물었다.

"사람? 아, 그래서 뭔가 움직이는 물체를 보는 것 같았구나. 근데 무슨 사람이길래 반응이 이래?"

클로렌이 유튜브 화면을 보여주며 말했다.

"이거 봐. 지금 Girls meet Vampire Prince라는 제목으로 올라오는 영상 수. 이틀 전부터 올라오기 시작했는데, 벌써 30개가 넘어. 거기다 배경이 되는 곳이 전부 단테 공원이야."

케일라가 태블릿 컴퓨터를 받아 들고 검색된 동영상 클립들을 보며 말했다.

"그래? 괴물 같은 사람 아닐까? 사람들이 괜히 보고 놀라는 게 아닐 텐데. 배경 보니까 저녁 시간인 것 같은데, 좀 무섭다, 야."

이번에는 제니퍼가 자신의 스마트폰으로 누군가 써 둔 블로그를 들이밀었다. 케일라가 제니퍼를 힐끗 보고는 스마트폰을 받아 내용을 보았다. 내용은 누군가의 일기장 같은 글로 보였다.

단테 공원의 뱀파이어 프린스

11. Decemberwrite by Natalie.

오늘, 친구 몇이 나에게 리액션 비디오를 찍자고 했어. 먼저 유튜브에서 'Girls meet Vampire Prince'라는 비디오를 보여주고는 나 역시 같은 비디오를 찍으면 된다고 했어.

영상 속 여자들이 너무 놀라는 것 같아 조금 무서웠지만, 배경을 보니 저녁 시간의 단테 공원에는 행인들도 많은 것 같아 친구들과 함께 갔어.

그 사람은 매일 저녁 8시 40분에 단테 공원을 지난다고 해. 이 정보는 친구들뿐 아니라 링컨 센터 주변에서 노는 하이스쿨 학생들이 많이 알고 있다고 했어.

8시 20분경 단테 공원에 도착해 보니, 우리 말고도 또 한 팀이 영상 촬영을 준비하고 있었는데, 스마트폰으로 촬영하는 우리와는 달리 DSLR까지 들고 와 촬영을 하는 것으로 보였어.

나는 친구들과 잔디밭에 자리를 잡고 나를 찍는 친구들을 보았어. 친구들은 연신 주위를 두리번거리며 그가 오길 기다렸고, 그가 오자 내게 그를 보라고 손가락질했어. 그리고 기억이 사라졌어. 정신을 차렸을 때 그는 이미 사라졌고, 날 깨우는 친구들의 목소리에 시계를 보니 8시 45분이 막 지나고 있었어.

이 일기를 보고 있는 친구들.

밤 8시 40분, 단테 공원.

그곳엔 뱀파이어 프린스가 나타나.

만약 너희들이 거길 간다면,

영혼을 빼앗기지 않게 조심해.

왜냐하면,

난 이미 그에게 빼앗겼거든.

케일라는 장난 같은 일기를 키득 키득 보다가 괴기 소설같이 끝나는 일기를 보고는 클로렌을 보았다. 클로렌은 씨익 웃으며 제니퍼를 보았고, 셋은 함께 어깨동무를 하고 웃으며 소리 질렀다.

"야호! 재미있겠다, 우리도 가보자!"

저녁 8시 15분.

집 앞에서 버스를 타고 단테 공원 역에서 내린 세 소녀는 잔디밭에 미리 준비해 온 피크닉용 자리를 폈다. 제니퍼가 빨간색 귀여운 모양의 백팩에서 삼각대를 꺼내 설치하자, 클로렌이 삼각대 위에 카메라를 설치했다. 아직 십 대라 DSLR을 구비하진 못했지만, 나름 괜찮은 카메라인 Nikon 사의 하이앤드 카메라였다.

클로렌이 잔디 위에 앉아 있는 케일라를 보며 말했다.

"케일라, 잠깐만 움직이지 말아봐. 그렇지, 고개를 좀 돌려봐. 좋아. 이따 딱 이 각도로 찍자."

케일라가 고개를 기울이며 말했다.

"잉, 내가 나오게 찍으려고? 나 유튜브에 얼굴 팔리는 거 별로인데."

클로렌이 아니라는 듯 손을 저으며 말했다.

"아냐, 우리 셋이 다 같이 나오도록 찍으려고 삼각대 가져온 거야. 제니퍼, 가서 앉아봐."

제니퍼가 케일라 옆에 가 바싹 붙어 앉자 클로렌이 촬영 시작 버튼을 누르고 빠르게 반대편으로 가 앉았다. 10여 초가 지난 후 클로렌이 다시 카메라로 가 찍힌 영상을 확인하며 말했다.

"됐다, 초점 안 나가네. 이 정도면 촬영할 수 있을 것 같아. 제니퍼, 지금 몇 시야?"

제니퍼가 손목시계를 보여주려는 듯 손목을 흔들며 말했다.

"8시 34분, 6분 전이야."

케일라가 주위를 보니 세 팀가량 촬영 준비하는 소녀들이 보였다.

"쟤들도 촬영하러 온 건가 봐, 재미있겠다."

세 소녀는 카메라 앞에 나란히 앉아 링컨 센터 쪽을 보며 다리를 쭉 뻗고 발로 서로에게 장난을 치기 시작했다. 잠시 까르르 웃으며 장난을 치던 케일라가 물었다.

"그런데, 클로렌. 정말 어떤 사람이래? 어떤 사람이길래 리액

선 비디오까지 찍는 거야?"

클로렌은 두 발로 케일라의 다리를 못 움직이게 묶으며 말했다.

"정확한 건 나도 몰라. 동의를 받지 않은 촬영은 불법이니까, 아무도 그 사람을 찍진 않거든. 소문에 듣기로는 동양인이라던데?"

이번에는 제니퍼가 고개를 갸웃하며 말했다.

"동양인? 내가 듣기로는 머리만 까만색이고 동양인 아니라는 것 같던데? 동양인처럼 안 생겼대."

세 소녀는 서로 고개를 갸웃거리며 말을 주고받다가 시계를 보며 함께 외쳤다.

"1분 전이다!"

"클로렌 빨리 카메라 촬영 버튼 누르고 와!"

클로렌이 잽싸게 촬영 버튼을 누르고 미리 보아둔 자리에 앉아 링컨 센터가 보이는 쪽 길을 바라보았다.

잠시 후.

8시 40분에서 약 20여 초가 더 지나갈 무렵.

링컨 센터 맞은편 브로드웨이 골목에서 검은 인영이 돌아나오는 것이 보였다.

검은 인영은 180대 후반의 큰 키와 약간 마른 듯한 체형이었다. 검은 머리를 보니 동양인인 것 같았다. 세 소녀는 검은 인영이 점점 다가와 자신들의 옆을 지나가자 멍하니 그를 바라보며 그의 걸음에 맞춰 고개를 돌렸다.

잠시 후 그가 단테 공원 옆길을 완전히 빠져나가자 얼이 빠져 있던 소녀들이 퍼뜩 정신을 차렸다.

세 소녀는 눈을 크게 뜨고 서로를 바라보았다.

"지…… 진짜였어?"

"오 마이 갓! 정말 뱀파이어 프린스 같아!"

"어떡해? 나 진짜 영혼을 뺏긴 것 같아!"

엎드려 주먹으로 잔디를 두들겨 대는 제니퍼와 얼이 빠져 흐른 침을 황급히 닦고 있는 클로렌, 손을 가슴 앞으로 모으고 몽롱한 표정으로 사라진 검은 인영의 뒤를 보고 있는 케일라. 셋은 한참 동안 잔디밭을 떠나지 못했다.

그것은 촬영을 온 다른 팀들도 마찬가지였는지, 단테 공원은 십여 명의 소녀들이 질러대는 비명으로 한참 동안 시끄러웠다.

검은 인영은 단테 공원을 지나 'Rosa Mexicano'라는 대형 멕시코 음식 전문점 옆 작은 빵집으로 들어섰다. 빵집 문에는 작은 종이 있었는데, 문이 열렸다가 닫히자, 딸랑딸랑하는 소리가 났다. 빵집 주인으로 보이는 중년 흑인 아저씨가 빵을 진열하다 뒤를 돌아보며 반갑게 인사했다.

"오늘도 왔네, 건."

건이 방긋 웃으며 손을 들었다.

"오늘도 장사 잘되시나요, 로건 씨?"

로건이 진열하다 만 빵을 진열장에 밀어 넣으며 말했다.

"덕분에, 빵은 많이 남겠지만, 하하. 빵 장사 9년째인데, 그날 구운 빵을 다 팔고 간 적은 없어. 얼마나 적게 남기느냐가 관건이지."

건은 진열장에서 아보카도 샌드위치 두 개를 꺼내며 말했다.

"로건 씨 빵집에는 맛있는 빵도 많은데요, 뭐. 그래도 이 동네에서 장사 잘되는 편이라던데요."

로건은 검은 피부 때문에 더 하얗게 보이는 이를 드러내며 웃었다.

"내가 한 솜씨 하긴 하지, 하하. 그래 오늘도 아보카도 샌드위치야? 왜 맨날 그것만 먹어? 값이 싼 걸 고르면 돈 없는 유학생이거니 하겠는데, 그것도 아니고 말이야. 또, 왜 매번 같은 시간에 와? 점심때도 좀 오지."

건이 웃으며 샌드위치를 계산대 위에 올리며 말했다.

"연습해야 돼요. 아시잖아요. 저, 곧 줄리어드에 들어가는 거. 링컨 센터 맞은편 합주실을 빌렸어요. 아침 10시부터 8시까지는 연습을 해야 하거든요."

로건이 샌드위치를 종이봉투에 넣으며 말했다.

"점심은 안 먹어? 줄리어드 학생들이 연습 벌레인 건 알지만, 밥은 먹고 해야지?"

건이 주머니에서 지폐를 꺼내 올리며 말했다.

"두 개니까 8달러겠네요. 점심은 그냥 안 먹을 때가 많아요, 땀 흘리며 연습하다 보면 시간 가는 줄 몰라서."

로건이 봉투로 손을 내민 건을 빤히 보더니 진열장으로 걸어갔다.

"오늘은 서비스를 하나 줄 테니까, 내일 연습하러 갈 때 가져가서 먹어봐. 며칠 안 됐지만 매일 오는 손님인 데다, 앞으로 줄리어드 학생이 될 거면 계속 올 테니 주는 서비스야. 먹어보고 맛있으면 다음번엔 이것도 사라고."

건은 로건이 담아주는 빵을 보며 웃었다.

"크로와상 샌드위치네요. 이것도 맛있죠. 로건 씨가 만드셨으면 더 맛있겠네요, 잘 먹을게요."

로건이 웃으며 봉투를 돌려준 후 물었다.

"아 참, 자네 여기 올 때 단테 공원 앞을 지나지?"

건이 맞다는 듯 고개를 끄덕이자 로건이 말했다.

"조심해, 요새 이상한 소문이 있어. 뱀파이어 프린스인지 뭔지가 거기 나타난다니까."

건이 무슨 말이냐는 듯 어깨를 으쓱하며 고개를 갸웃거렸다.

제니퍼, 케일라와 클로렌은 유튜브 영상 찾아보기에 푹 빠졌다. 자신들이 찍은 영상을 올리지는 않았지만, 매일 네다섯 개씩 올라오는 영상을 보며 자신들이 보았던 건의 모습을 떠올리고는 얼굴이 발그레해지는 셋이었다.

클로렌이 테블릿 컴퓨터의 한 부분을 가리키며 말했다.

"애들아, 또 올라왔다! 같이 보자!"

케일라와 제니퍼가 새로 산 옷을 서로에게 대어보다 클로렌의 말에 부리나케 침대 위로 뛰어 올라왔다.

"이번엔 누구야? 또 하이스쿨 학생들이야?"

클로렌이 고개를 끄덕였다.

"응, 근데 댓글 반응이 좀 이상해. 이거 봐봐."

클로렌이 내민 테블릿 컴퓨터를 터치하며 댓글을 본 케일라가 갸웃거렸다.

"노래? 기타 소리? 이게 무슨 말이야?"

클로렌이 자신도 모른다는 듯 어깨를 으쓱하며 말했다.

"몰라, 나도 아직 안 봤으니까. 같이 보자."

클로렌이 재생 버튼을 누르고 셋은 나란히 엎드려 영상에 집중하기 시작했다.

배경은 여전히 단테 공원.

한 소녀가 생글생글 웃으며 카메라 뒤에 있는 친구들과 이야기하는 영상이 보였다. 곧 소녀의 눈이 한 곳을 바라보며 몽롱해졌다.

다른 소녀들과 마찬가지로 깍지 낀 손을 가슴에 모으고 숨을 멈춘 소녀가 곧 정신을 차렸다.

여기까진 이전 영상과 비슷한 내용이었는데, 다른 영상과는 다르게 시간이 10분 이상 남아 있었다.

소녀가 한 곳을 계속 바라보고 있는데 갑자기 기타 소리가 나기 시작했다. 케일라가 멀리서 들려 작게 들리는 기타 소리에 집중해 듣고 난 뒤 말했다.

"응? 이거 제니퍼가 좋아하는 음악 아니야? 그 뭐냐, '단 한 번'이었나? 영화 주제곡."

제니퍼가 테블릿 컴퓨터의 스피커 부분에 귀를 대어보곤 고개를 끄덕였다.

"응, 맞는 것 같아. 'Slow down' 맞는 것 같은데? 클로렌, 이거 소리 더 못 키워?"

클로렌이 테블릿 컴퓨터의 옆쪽 볼륨 버튼을 조절해 소리를 키우자 조금 더 확실히 들렸다. 제니퍼가 확실하다는 듯 둘을 보며 말했다.

"맞네, Slow down. 근데 이거 음반 틀어 놓은 것 같지 않은 데? 누군가 기타를 치고 있는 건가?"

셋이 기타 전주를 집중하여 듣고 있는 중 곧 누군가의 노랫 소리가 들렸다.

I still do not know who you are.

(난 아직 당신이 누군지 몰라요.)

……:

셋의 눈이 커지며 서로를 쳐다보았다. 영상 속에는 여전히 몽롱한 눈을 뜨고 있는 소녀의 모습만 나오고 있었지만, 멀리 서 들려오는 노랫소리에 담긴 목소리는 너무나 슬펐기 때문이 다. 제니퍼가 놀란 눈을 파르르 떨며 스피커에 더욱 가까이 얼 굴을 대었다. 음악이 계속해서 흘러나왔다.

제니퍼가 고개를 번쩍 들며 외쳤다.

"말도 안 돼! 이게 사람 목소리야? 어떻게 이 저음 구간을 이 렇게 슬프게 부를 수 있지?"

클로렌과 케일라가 눈을 크게 뜨고 동의한다는 듯 고개를 끄덕였다. 셋이 놀라건 말건 영상 속의 노래는 점점 클라이맥 스로 달려가고 있었다.

......:

and now we have to decide.

(그리고 이제 우린 결정해야 해요.)

제니퍼가 자기도 모르게 눈물 한 방울을 떨궜다. 영화를 보았기 때문인지 우연히 한 여자를 사랑하게 된 한 남자가 여자에게 관계가 소원해진 남편이 있다는 것을 알고 애절하게 부르는 이 곡의 감성이 그대로 전달되는 듯했다.

제니퍼가 자신의 팔뚝에 돋은 소름을 한차례 본 후 클로렌과 케일라를 보니, 케일라는 티셔츠 손목 부분으로 연신 붉어진 눈가를 닦고 있었고, 클로렌은 입술을 꽉 깨물고 울음을 참는 것처럼 보였다.

제니퍼가 둘에게 잠시 정신이 팔린 새 노래가 끝나고 마지막 기타의 아르페지오 부분이 흘러나오다 멈추었다.

영상에서는 잠시 정적이 흘렀다.

영상 안에 보이는 소녀는 노래 중간부터 점점 입을 벌리더니 노래가 끝나고 나서 턱이 빠지게 입을 벌리고 있었다.

잠시 시간이 흐르고 대략 열 명이 안 되어 보이는 사람들의 박수 소리와 휘파람 소리가 들리더니 영상 속 소녀 역시 열렬히 박수를 쳤다.

눈시울이 붉어져 금방이라도 울 것처럼 보이는 소녀는 카메라 렌즈 옆 부분을 손으로 잡으며 카메라에 대고 외쳤다.

'It's amazing!'

소녀의 감격에 찬 얼굴에서 영상이 멈추었다.

셋은 멈춘 영상의 검은 화면을 보고 잠시 말을 잃었다. 가장 먼저 정신을 차린 클로렌이 말했다.

"이거 혹시 뱀파이어 프린스가 부른 걸까?"

제니퍼가 클로렌의 말에 퍼뜩 정신을 차리고 고개를 흔들어대며 말했다.

"아, 진짜, 기절하는 줄 알았네. 뱀파이어 프린스 맞는 것 같아. 영상 보면 쟤가 그 사람 나타나는 시점부터 고개를 서서히 돌리다가 중간쯤에 멈추잖아. 그 사람이 가다가 멈춰서 어딘가에서 노래한 것 같아."

케일라가 동의한다는 듯 고개를 끄덕이며 말했다.

"응, 내가 봐도 그런 것 같은데. 근데 이 사람, 노래하는 사람일까? 아니, 질문 자체가 이상하네. 이 정도 노래면 이미 가수일지도 모르겠다. 그치?"

제니퍼가 침대에 엎드려 바닥을 치며 발을 동동 굴렀다.

"아 왜! 우리가 갔을 때는 노래 안 했잖아. 왜, 왜!"

클로렌이 제니퍼를 보며 고개를 절레절레 흔들었다.

"야, 가만 좀 있어. 우리가 갔을 때뿐 아니라 다른 영상에도 노래 같은 건 없어. 이게 유일해. 즉, 처음 불렀거나, 어쩌다 한 번만 부른다는 거겠지."

제니퍼가 고개를 번쩍 들며 둘에게 말했다.

"오늘도 가자! 지금 몇 시야?"

셋이 방 벽에 걸린 시계를 보니 7시 40분이었다.

곧 소녀들의 방은 옷을 갈아입고 준비를 하는 소녀들의 소리로 아수라장이 되었다.

♪♪♪

링컨 센터 맞은편에 있는 연습실.

기타에서 잭을 뽑아 감은 후 하드 케이스 앞주머니에 넣은 건이 시계를 보았다.

"벌써 8시 10분이네."

건이 하드 케이스를 열고 기타를 넣으며 미소를 지었다.

Gibson Acoustic J-200 Standard Vintage Sunburst.

어쿠스틱 기타치고 매우 큰 사이즈의 점보 바디를 가진 이 기타는 다른 색의 모델로 로빈 윌리엄스의 영화 '어거스트러쉬' 에서도 소개된 기타였다. 점보 바디인 만큼 울림통이 커 다른 어쿠스틱 기타보다 소리가 크고 멀리까지 퍼져나간다.

"준호 선생님, 감사합니다."

건의 유학 소식에 자신에게 기타를 선물해 준 준호를 떠올렸다. 따뜻한 선생님이었던 준호는 떠나는 건에게 자신의 기타 컬렉션 중 하나를 선물해 주었다.

건이 기타를 조심히 하드 케이스에 눕힌 후 가방을 메고 연습실 밖으로 나와 카운터의 흑인에게 미소 지으며 손을 흔들었다.

"저 가볼게요, 조나단. 내일 봐요."

조나단이 넥이 분리되어 버린 베이스 기타를 손질하다 건의 인사를 듣고 웃으며 인사했다.

"그래, 내일 보자. 아까 점심 때 준 빵 맛있었어. 고마웠다."

건이 웃으며 손을 흔들며 문 밖으로 사라지자 조나단이 혼자 말을 했다.

"줄리어드 예비 신입생들을 많이 봐왔지만, 입학하기도 전에 저렇게 매일 10시간 넘게 연습하는 애는 처음 보는군. 뭐가 되도 될 아이야."

밖으로 나온 건이 오늘도 어김없이 로건의 빵집 쪽으로 발길을 돌렸다. 저녁 시간이라 조금 덜 했지만, 항상 사람들로 붐비는 링컨 센터 앞답게 여전히 사람들이 많았다.

사람들에게 부딪히지 않기 위해 여기저기로 몸을 돌리며 앞으로 나아가던 건이 단테 공원 입구에 다다르자 그제야 좀 한산해진 것을 느낀 건이 주위를 보며 생각했다.

'휘유, 이제 좀 살 것 같네. 미국은 그래도 이런 도심지 곳곳에 공원이 있어서 좋아. 잔디밭 아무 데나 앉아서 노래해도 누구 하나 뭐라 하지 않고.'

건은 어제의 기억을 떠올렸다.

'어제도 집에 가는 길에 단테 공원에서 갑자기 노래했었지만, 오히려 박수가 나왔었지? 공원에서 쉬는 사람들에게 방해가 될까 봐 좀 머뭇거렸는데, 역시 자유의 나라라 다른 건가?'

건이 단테 공원 쪽을 보자 어제보다는 약간 많은 사람이 잔디밭에 옹기종기 앉아 있었다. 건은 그들을 스쳐 지나가며 사람들을 구경했다.

'그런데 며칠 전부터 여자아이들이 뭔가를 찍고 있는 것 같던데, 뭘 찍는 거지? 경치가 좋은 곳이라 뭘 찍어도 예쁘게 나올 것 같긴 한데. 이상하게 애들이 날 보고 있는 것 같은데……'

건은 머리를 긁으며 잠시 갸웃했지만, 설마 자신을 보고 난 후의 리액션 비디오를 찍을 거라고는 생각하지 못하고 이내 단테 공원 중앙 분수대 옆 벤치에 앉아 기타를 옆에 세웠다. 잠시 시계를 본 건이 생각했다.

'로건 씨네 가게가 9시에 문을 닫으니까⋯⋯. 한 오 분만 바람 쐬다 가야겠다. 종일 지하 연습실에 박혀 있었더니 어지럽네.'

건이 눈을 감고 양손으로 관자놀이를 문질렀다. 그러다 눈이 좀 아픈 것 같아 눈을 문지르고 나서 다시 눈을 뜨니 눈앞이 뿌옇게 보였다.

잠시 시력을 찾기 위해 인상을 찡그린 건의 시야에 흐릿하게 보이던 사람들의 모습이 뚜렷하게 보이기 시작했다.

"으응?"

세 명의 인영이 자리에서 일어나 자신의 앞으로 오더니 벤치 앞 바닥에 앉는 것이 보였다.

자신을 정면으로 본 채 자리에 앉은 것이라 이를 이상하게 생각한 건이 아직 완전히 돌아오지 않은 시야 때문에 살짝 이마를 찌푸렸다.

세 명은 모두 십 대 후반으로 보이는 소녀들이었는데, 바닥에 앉아 초롱초롱한 눈으로 벤치에 앉은 건을 올려다보고 있었다.

건은 영문을 몰라 멀뚱히 셋을 바라보다 물었다.

"왜 그래요? 제 얼굴에 뭐라도 묻었나요?"

세 명의 소녀 중 갈색 머리 소녀가 말했다.

"혹시 오늘은 노래 안 하세요?"

"꺄아, 제니퍼. 바로 그렇게 말 걸기 있어?"

"그래, 너무 직설적이다, 얘!"

세 명의 소녀는 한참 자신들끼리 꺅꺅거리다, 멀뚱히 자신을 보고 있는 건을 보고는 다시 말했다.

"혹시 어제 여기서 노래하지 않으셨어요?"

건이 당황스럽다는 듯 조금 붉어진 얼굴로 고개를 끄덕였다.

"네? 아, 네. 그렇긴 한데요……."

"꺄아! 맞대, 맞대!"

"거봐, 내가 맞을 거랬지?"

"오늘은요? 오늘은 안 하세요?"

호들갑을 떠는 소녀들을 번갈아 보던 건이 볼을 긁으며 말했다.

"아, 오늘은 별로 할 생각이 없었는데…… 어제도 오셨던 분들인가 보네요? 미안해요, 못 알아봐서."

어제는 오지 않았지만 세 소녀는 잘못을 바로잡을 생각이 없는지 빙글빙글 웃으며 말했다.

"오늘도 노래 한 곡만 해주시면 안 될까요? 시간 많이 안 뺏을게요, 딱 한 곡만요."

건이 쑥스러운 듯 웃으며 기타 가방을 열었다.

"네, 그럼…… 제가 꼭 가야 하는 곳이 있는데 9시까지 가야 하거든요……. 딱 한 곡만 짧게 부를게요, 괜찮나요?"

격렬하게 고개를 끄덕이는 세 소녀의 모습에 건이 웃음 짓자, 주위에 분산되어 눈치를 보고 있던 몇몇 소녀들이 다가왔다.

단테 공원 앞 벤치에는 이제 열두 명의 소녀들이 바닥에 앉아 있었고, 다들 눈치를 보면서도 살살 웃으며 바닥에 앉았다.

공원을 오가는 사람들도 무슨 일인가 싶어 발길을 멈추고 선 채 이쪽을 바라보고 있었다.

건은 갑작스러운 작은 콘서트에 적잖게 당황했지만, 중국에서 대중 앞에 섰던 경험이 있었는지라 그리 힘들지 않게 기타를 치기 시작했다.

어제와는 다르게 피크를 이용한 빠른 스트로크의 선율이 단테 공원에 울려 퍼졌다.

원곡에서는 기타 스트로크 한 번으로 음을 잡고 바로 시작되는 노래지만, 주위 사람들을 둘러 보며 곡의 첫 소절 8마디를 두 번 연주한 건이 노래를 시작했다.

그대여 힘을 내요.
그 사람이 당신에게 무슨 말을 했나요?
그대여 기운을 내요.
지금 당신에게 난 맘의 상처도 곧 잊을 거예요.

끝이 난 사랑은 이미 끝난 사랑인 거예요.

운명이란 악마가 두 사람을 엇갈리게 한 거예요.

그러니 그대여 이제 힘내세요.

지금 난 당신에게 들려주고 싶은 말이 있어요

당신 앞의 내가 당신과 함께하고 싶은 사람이에요.

내 맘과 당신의 맘이 같길 바래요.

나는 수많은 우울한 날과 슬픔으로 가득 찬 날을 기다려 왔어요.

당신 곁에서 함께 웃을 수 있는 날을 바라며 말이죠.

눈을 감고 노래하는 건의 귀로 후렴구를 함께 따라 부르는 소녀들의 목소리가 들려 미소가 지어졌다. 하지만 눈을 뜨지 않고 노래를 부르는 이의 마음을 생각했다.

행복하지 않아 보이지만 이미 연인을 가진 그녀에게 마음속으로 고백하는 심정으로 노래했다, 마음속의 노래가 그녀에게 닿길 바라면서.

눈을 떠보니, 벤치 앞에 이제는 서른 명이 넘어 버린 사람들이 자신에게 환호하고 있었다.

1882년 12월, 러시아 상트페테르스부르크.

이 도시는 1924년 레닌 사망 전까지 레닌그라드라고 불렸지만, 이 도시에 사는 사람들은 모두 상트페테르스부르크라는 옛 지명으로 불렀다.

러시아의 12월은 무척이나 추웠다. 건은 황량한 흙길을 걸어가며 주위를 두리번거렸다.

"또 꿈인가? 꿈속인데 왜 이리 춥지? 아흐흑."

옷깃을 여미며 추위를 피할 곳을 찾던 건의 눈에 저 멀리 몇몇 건물이 보였다.

높지 않았지만 나름 대도시인 듯 가까이 다가갈수록 많은 건물이 보였고, 흙으로만 이루어졌던 바닥도 점점 길의 형태를 취해가고 있었다.

종종걸음으로 건물들이 많은 길로 들어서니 드문드문 사람들이 보였다.

키도 덩치도 큰 서양인들이 두꺼운 옷을 입고 털모자를 쓰고 고개를 푹 숙이며 지나다니고 있었다.

사람들은 매서운 칼바람을 견디기 위해 몸을 최대한 움츠리고 땅만 보며 걸어 다녔다. 건은 그런 사람들 사이를 걸어 큰 건물 사이로 들어갔다.

보통 큰 건물 사이는 바람이 더 거세게 몰아치게 마련인데,

이 건물 사이는 담이 높지 않아 그런지 오히려 바람이 적게 불었다.

건은 조금 나아진 표정으로 주위를 보다 길가에 서 있는 철제 가로등을 만져 보았다.

"철제 가로등이네, 엄청 오래전인가 보다. 너무 휑한 걸 보니 유럽 쪽은 아닌 것 같은데……."

철제 가로등은 검은색 기둥 위에 마름모꼴 모양의 등이 올려져 있었는데, 아직 어두워지는 시간이 아니었기에 불이 들어와 있지는 않았다.

이리저리 둘러 보던 건의 눈에 주위의 다른 건물들과는 다르게 규모가 엄청난 건물 하나가 보였다.

사각형의 각진 건물이었지만 아치형 창문이 많고 건물 외벽에 화려한 장식이 가득해 언뜻 보아도 일반적인 주거형 건물이 아닌 것 같아보였다. 건은 쉽게 볼 수 없는 건축양식에 신기해하며 건물로 가까이 다가갔다.

"와아, 진짜 크네. 다른 건물들이 상대적으로 작아서 그런가? 더 엄청나 보이는데?".

건이 감탄하며 주위 건물을 둘러 보며 돌아다니다 보니 멀리 두 남자의 언쟁 소리가 들렸다.

음악 이야기인 듯한 다툼 소리에 관심이 생긴 건이 두 남자가 서 있는 곳에서 약간 떨어진 벤치에 앉아 귀를 쫑긋했다.

조금 떨어진 곳에 있는 철제 벤치 앞에 서 있는 두 남자 중 50대로 보이는 남자가 흥분한 어투로 말했다.

　"표트르! 굳이 여기까지 와서 러시아 5인조 곡 성향의 작곡을 할 이유가 뭐야? 그런 질 낮은 음악으로 우리 상트페테르부르크 음악원의 명예를 더럽히려는 건가?"

　갈색 겨울용 수트를 입고 검은 단발에 파마머리를 한 남자가 손에 든 악보를 둘둘 말아 들고 소리치자, 듣고 있던 올백머리에 턱수염을 멋들어지게 기른 40대 즈음의 남자가 말했다.

　"안톤 씨, 제가 작곡한 관현악을 들어보셨지 않습니까? 들어보시고도 질 낮은 음악이라고 생각하십니까?"

　안톤이 표트르의 말에 기가 찬다는 듯한 손을 허리에 대며 말했다.

　"지금 대세는 러시아 국민악파의 음악이 아니야. 서유럽의 음악이 먹히는 시대라고, 표트르."

　표트르가 안톤에게 한 걸음 다가가며 말했다.

　"대세라는 것은 유행일 뿐입니다, 안톤 씨. 러시아 국민악파의 음악은 절대 질 낮은 음악이 아니에요."

　안톤이 한숨을 푹푹 쉬며 손에 둘둘 말아둔 악보를 보며 말했다.

　"자네가 제출한 이 폭풍우라는 곡, 내가 이걸 보고 얼마나

기가 찬 줄 아나? 다른 교수들이 보면 어떻게 생각하겠나? 이럴 거면 니콜라이가 있는 모스크바로 가게! 자네와 우리 상트페테르스부르크의 음악색은 너무나 다르니까 말이야!"

표트르가 아무 말 없이 안타까운 눈으로 안톤을 보고만 있자, 안톤이 한숨을 쉬며 표트르의 손에 악보를 쥐여주고는 자리를 떠났다. 표트르는 한참 손에 쥔 악보를 보며 그 자리에 서 있었다.

건은 두 사람의 대화를 엿들으며 힐끗힐끗 표트르를 훔쳐보다, 주위를 둘러보던 표트르와 눈이 마주치고는 화들짝 놀라 거북목을 하였다.

표트르는 그런 건을 보더니 피식 웃고는 건에게 다가왔다.

건은 표트르가 다가오자 어쩔 줄 몰라 하다가 자리에서 일어나 말했다.

"죄, 죄송합니다! 엿들으려고 한 건 아닙니다. 그저 지나가는 길에 언성이 높아진 분들의 소리가 들리기에……."

표트르는 괜찮다는 듯 오른손을 들어 보이며 말했다.

"괜찮습니다. 신경 쓰지 마세요. 잠시 앉아도 될까요? 제가 좀 어지러워서."

건이 급히 벤치를 손으로 문지르며 말했다.

"그럼요! 여기, 여기 앉으세요."

표트르는 오버하는 건을 보며 피식 웃고는 자리에 앉아 팔꿈치를 무릎에 올리고 손으로 이마를 감싸 쥐었다. 손으로 얼굴을 몇 번 쓸어내리며 한숨을 쉰 표트르가 건을 잠시 살펴보더니 말을 걸었다.

"아직 십 대로 보이는데, 여기 학생인가요? 아, 그럴 리가 없네요. 십 대 후반은 되어 보이시는데, 이곳 학생이라면 벌써 10년 이상은 공부한 학생일 테니 제가 모를 리 없겠죠?"

건이 아니라는 듯 손을 흔들었다.

"아, 아닙니다. 그냥 지나는 길이었어요."

표트르가 그러냐는 듯 다시 고개를 돌리며 정면을 보고 말했다.

"그렇군요, 그나마 다행이군요. 후배 학생들에게 부끄러운 장면을 들키지 않아서. 뭐 어차피 곧 이곳을 떠날 테니 상관없으려나요? 하하."

표트르가 갑자기 생각났다는 듯 건을 돌아보더니 한참 건의 얼굴을 뜯어보고 말했다.

"음…… 실례가 안 된다면, 미스터. 동양인으로 보이는데, 맞습니까?"

건이 맞다는 듯 고개를 끄덕이자 표트르가 놀랍다는 듯 눈을 동그랗게 떴다.

"상트페테르스부르크에서 동양인을 보는 건 처음이군요. 모스크바에서 고려족이라고 하는 동양인들을 본 적은 있는데, 당신과는 다르게 생겼었어요. 코가 낮고 눈이 작고 키도 작았죠. 당신이 특이한 건가요? 아니면 고려족이란 사람이 특이한 건가요? 살면서 동양인을 많이 마주쳐 보지 않아서 하는 질문이니 실례였다면 미리 사과드립니다."

예의 바르게 말하는 표트르를 보며 건이 아니라는 듯 손을 흔들었다.

"아닙니다. 동양인 중 말씀하신 것처럼 생긴 사람이 많긴 하지요. 하지만 이곳 사람들도 모두 각기 다르게 생겼듯이 동양인들도 마찬가지예요."

표트르가 수긍하는 듯 고개를 끄덕이더니, 뒤통수를 긁으며 웃었다.

"그렇군요. 우리나라 사람들 역시 키가 작은 사람도, 큰 사람도 있고, 코가 낮은 사람도 있지요. 생각해 보니 제가 어리석은 질문을 드린 것 같아 민망하네요."

표트르는 계면쩍은 듯 웃다가 말했다.

"아, 초면에 통성명이 늦었습니다. 표트르 일리치 차이콥스키라고 합니다."

건이 표트르와 함께 웃다가 눈이 왕방울만 해졌다.

"에, 에. 예? 차이콥스키 씨라고요?"

표트르가 놀라는 건을 보며 고개를 갸웃했다.

"저를 아시나요? 아, 극장에 공연을 보러 오신 적이 있나 보군요? 그래도 꽤 많은 무대를 가졌으니."

건이 아무런 말도 못 하고 얼이 빠져 있자, 표트르가 웃으며
말했다.

"그렇게 보지 마세요. 저도 보통 사람일 뿐이니까요. 저를
알고 계신 걸 보니 공연에 자주 오시는 분인가 보군요. 그렇다
면 전문가까지는 아니더라도 충분한 음악적 견해를 가지셨을
텐데, 한 가지 부탁을 드려도 될까요?"

표트르가 손에 든 악보를 내밀며 말했다.

"악보 볼 줄 아시죠? 이 곡을 한번 봐 주시겠어요?"

얼떨떨한 표정으로 눈앞의 악보를 받아든 건이 당황스러운
표정으로 악보를 보았다.

표트르가 악보를 보는 건을 보며 물었다.

"아, 성함이?"

건이 악보를 보다 고개를 번쩍 들고 말했다.

"아, 죄송합니다. 저는 김 건이라고 합니다.

표트르가 고개를 끄덕이며 웃더니 악보를 계속 보라는 듯
손짓했다.

악보는 오선지 위에 손으로 그린 악보였는데, 특이하게도 음
표가 녹색, 붉은색, 하얀색으로 표기되어 있었다. 건은 의아한
눈으로 악보를 보다 눈을 들어 표트르를 보며 말했다.

"아…… 제가 관현악은 잘 몰라서…… 봐도 잘 모르겠네요.

직접 연주해 봐야 알 것 같아요."

표트르가 씁쓸한 표정으로 악보를 다시 받아 들고 말했다.

"그렇군요, 이해합니다. 연주가셨군요. 작곡가가 아니라면 처음 보는 악보를 보고 전체적인 내용을 파악하는 것에는 시간이 좀 더 필요하겠지요."

건이 표트르의 손에 들린 악보를 보며 물었다.

"그런데, 왜 악보에 음표가 여러 색으로 표기되어 있지요? 표트르 씨만의 표기법인가요?"

표트르가 순간 멈칫하며 건을 빤히 보았다. 건은 갑자기 표트르가 자신을 빤히 보자 무슨 실수라도 했나 싶어 초조했다.

표트르는 한참 동안 건을 바라보고만 있다가 입을 떼었다.

"그 아이와 같은 말을 하시네요."

건이 표트르의 다음 말을 기다리다 생각지도 않은 표트르의 말에 눈을 동그랗게 떴다.

"그 아이요? 무슨 말씀이신가요?"

표트르가 악보를 들어 보이며 말했다.

"악보의 음표에 색깔이 보인다는 말씀 말입니다. 제게 그렇게 말했던 아이가 있었지요."

건이 무슨 말이냐는 듯 표트르의 손에 든 악보를 펴 손으로 가리켰다.

"보이는 걸 그대로 말한 것뿐인데요? 여기 보시면, 여기 네 번째 마디부터 16마디가 녹색이에요. 그 후 32마디가 흰색이고, 그 후 8마디가 붉은색이에요. 안 보이시나요?"

표트르가 건이 하는 것을 가만히 보고는 미미하게 고개를 끄덕이며 말했다.

"당신도 음악이라는 괴물과 함께 살아야 할 운명인가 보군요. 참고로 저에게는 그냥 검은색 음표만이 보입니다."

표트르가 말을 마치고 일어서자 앉아 있던 건이 고개를 들어 표트르를 보았다. 표트르는 다시 악보를 돌돌 말아 옆구리에 끼우고는 왼손을 앞으로 내밀며 말했다.

"만나야 할 인연이 있는 것 같습니다. 둘을 만나게 하는 것이 저의 역할이 아닌가 싶네요. 시간이 있으시다면 잠시 만나보시겠어요?"

건이 벤치에서 일어나며 물었다.

"예? 누구를요?"

표트르가 뒤로 돌아 앞으로 걸어가며 말했다.

"방금 말씀드린 그 아이, 당신과 같이 음표의 색을 보는 눈을 가진 아이입니다."

건이 걷기 시작한 표트르의 뒤를 급하게 쫓으며 물었다.

"예? 음표의 색을요? 아니, 정말 표트르 씨에게는 안 보이신다는 말씀이세요?"

표트르가 뒤에 따라붙은 건을 힐끗 보며 말했다.

"네, 저에게는 보이지 않습니다. 당신을 만나기 전까지 악보에 기재된 음표에 색깔이 보인다는 그 아이의 말을 믿지 않았어요. 하지만 당신에 내게 악보를 가리키며 말했던, 네 번째 마디부터 16마디가 녹색 음표로 보인다는 말을 그 아이도 했던 것이 기억났습니다. 결국, 그 아이는 거짓말을 하지 않았던 거군요."

건이 당황스러운 표정을 지으며 표트르의 옆에 서자, 표트르가 화려한 건물을 가리키며 말했다.

"그 아이는 저 건물에 있습니다."

건이 표트르가 가리키는 곳을 보니 오페라 하우스같이 생긴 각진 건물이 보였다. 표트르는 그런 건을 보며 진중한 표정으로 말했다.

"그 아이의 이름은 세르게이 라흐마니노프. 상트페테르스부르크의 어린 천재입니다."

건이 표트르를 따라 상트페테르스부르크 음악원의 화려한 건물로 들어갔다.

압박감이 들 정도로 크고 화려한 문은 표트르가 슬며시 밀자, 기름칠이 제대로 되어 있는 듯 소리 없이 스르륵 열렸다.

표트르는 실내에 들어오자 슈트를 벗어 손에 들었다.

속에는 하얀 드레스 셔츠 위 검은색 베스트를 입었는데 손목 부분에 매우 긴 레이스가 달린 특이한 셔츠였다. 표트르는 건을 보며 앞을 향해 손을 들었다.

"상트페테르스부르크 음악원에 오신 것을 환영합니다. 학생이 아닌 분 중에는 처음 방문하시는 분이 되겠네요. 자, 이쪽으로 오시죠."

건이 살짝 묵례를 취하며 먼저 걷는 표트르의 조금 뒤를 따라 걸었다.

건물 내부에는 여러 갈래 길로 복도가 나 있었고, 가운데는 2층으로 올라가는 계단이 양쪽으로 뻗어 있었다. 표트르는 계단 왼쪽 두 번째 복도로 건을 안내했다.

긴 복도는 살구색의 벽지가 따뜻한 느낌을 주었는데, 빼곡하게 붙은 앨범에는 상트페테르스부르크를 거쳐 간 뮤지션들의 흑백 사진이 걸려 있었다.

뮤지션들은 대부분 음악원장인 안톤과 어깨동무를 하고 사진을 찍었는데, 아직 창립한 지 얼마 되지 않았는지 성인 뮤지션보다는 막 졸업한 십 대들 위주였다.

건은 복도를 걸으며 혹시 자신이 아는 얼굴이 있는지 궁금해 사진들을 유심히 보았지만, 딱히 생각나는 얼굴이 보이지는 않았다. 만약 안다고 해도 그들의 어린 시절의 모습을 보고 알아보기는 요원한 일이었으리라.

표트르는 긴 복도의 군데군데 있는 짙은 갈색의 문을 여러

개 지나, 가장 끝 방에 정면으로 나 있는 문을 열고 들어갔다.

내부의 문은 기름칠이 덜 되어 있었는지 끼이익 하는 소리와 함께 열렸다. 문을 연 표트르는 안을 힐끗 보고는 손으로 문을 잡은 채 뒤로 돌아 건을 보며 안으로 손을 뻗었다.

"들어 오세요, 미스터……. 아, 제가 동양 성함을 몰라서 그런데, 미스터 건, 미스터 김? 어떻게 불러야 할까요?"

건이 문 안으로 들어오며 말했다.

"네, 표트르 씨. 김입니다. 동양은 성이 앞이고 이름이 뒤에 있거든요."

건은 고개를 끄덕이며 미소 짓는 표트르를 본 후 고개를 길게 빼고 방 내부를 살폈다. 방은 벽지부터 천장까지 온통 하얀색으로 뒤덮인 방이었는데 바닥만 황갈색의 나무 재질로 이루어져 있었다.

건의 시선을 기준으로 오른쪽에만 네 개의 큰 창문이 있었고, 흰색 창틀에는 살구색 롱 커튼이 드리워져 곱게 묶여 있었다.

천장에는 러시아의 전통적인 색보다는 유럽풍에 가까운 화려한 샹들리에가 있었고, 그 아래 약 20여 개의 남색 철제 의자가 놓여 있었다.

앞쪽으로는 나무로 만든 작고 낮은 무대 위에 검은 그랜드 피아노 한 대가 놓여 있었다.

건은 주위를 돌아보며 표트르에게 물었다.

"만나게 해주신다는 아이가 없네요? 여기로 오는 건가요?"

건의 물음에 표트르가 살쭉 웃고는 앞으로 나서며 외쳤다.

"세르게이! 아까 숨는 거 봤어, 나오거라."

표트르의 외침에 건이 앞쪽을 돌아봤지만, 아무것도 보이지 않았다. 건이 의아한 표정으로 표트르를 돌아보자, 표트르는 잠시 기다렸다 다시 한번 외쳤다.

"세르게이! 지금 나오지 않으면 다리아 선생님께 또 물감으로 장난쳤다고 이를 거야. 지금 나오면 말하지 않겠다고 약속할게."

표트르가 다시 한번 외치자 무대 위 검은 그랜드 피아노 뒤에서 작은 남자아이의 머리가 쏙 올라왔다. 아이는 피아노 뒤에서 약간 겁먹은 표정으로 눈만 내놓고 말했다.

"진짜, 지금 나가면 안 이를 거예요?"

표트르는 몇 걸음 앞으로 나가 의자에 손을 올리며 말했다.

"그래, 너에게 소개해 주고 싶은 분이 계셔, 나와서 인사해야지?"

남자아이가 건을 보더니 천천히 일어나 무대에서 내려왔다. 아이는 짧은 금발 머리에 그림자가 드리워질 만큼 깊게 패인 눈을 가지고 있었다.

아홉 살에서 열 살 정도로 보이는 아이는 흰색 드레스 셔츠를 입고 멜빵으로 묶은 승마 바지를 입고 있었고, 한 손에 악보를 쥐고 있었는데 양손에 형형색색의 물감이 가득 묻어 있었다. 아이가 내려오자 표트르가 말했다.

"또, 색칠 놀이를 하고 있었구나? 세르게이."

세르게이가 약간 발끈한 표정으로 표트르를 올려다보며 말했다.

"몇 번이나 말씀드렸잖아요. 색칠 놀이가 아니에요. 아무도 제 말을 안 믿어주니까 증명하려고 하는 거라고요."

표트르가 두 손을 올리며 말했다.

"아, 아. 그래. 내가 실수했구나. 말이 나온 김에 세르게이 너에게 사과를 해야겠어."

세르게이가 의아한 눈으로 자신을 보자 표트르가 미안한 표정으로 건을 보았다.

"지금까지 세르게이 네 말을 믿어주지 못해 미안했다. 나뿐 아니라 누구의 눈에도 보이지 않는 것을 이야기하니 믿어지지 않았어. 그동안 널 믿지 못한 것, 제대로 사과하마."

세르게이가 약간 기쁜 표정으로 말했다.

"그럼 이젠 믿어주시는 건가요?"

표트르가 건의 등에 살짝 손을 대며 말했다.

"이제는 네 말을 믿을 수 있을 것 같아. 여기 이분 덕이지."

세르게이가 의문스러운 눈으로 건을 보았다.

"예? 이분이요, 이분이 왜요?"

표트르가 웃는 얼굴로 세르게이의 어깨를 매만지며 말했다.

"이분 눈에도 보인다는구나. 네가 말한 그 색들 말이야."

세르게이가 한껏 기쁜 표정으로 건의 손을 잡았다. 건은 자신의 손에 물감이 묻었지만 기뻐하는 어린아이의 손을 뿌리치지 못했다.

세르게이가 건의 손을 잡고 무대 쪽으로 걸어가 무대 위에 엉덩이를 걸치고 앉더니 옆에 앉으라는 듯 바닥을 톡톡 쳤다.

건이 자리에 앉는 것을 기다린 세르게이가 말했다.

"형도 보여요? 정말로요?"

건이 고개를 끄덕이자 세르게이가 악보를 내밀었다.

"제가 색칠한 부분 말고 여기 3페이지부터 어떤 색으로 보이는지 말씀해 주실래요?"

건이 악보를 받아 들고 세르게이를 힐끗 본 후 찬찬히 악보를 살펴보고는 손가락으로 한 부분씩 가리키며 말했다.

"음……. 여기 안단테가 표기된 부분 아래부터 32마디가 녹색이네. 그 후 다음 페이지의 음표는 전부 검은색인데? 그다음 페이지는 마지막 4마디를 제외하고 모두 붉은색 음표고."

세르게이가 건의 말에 함박웃음을 짓더니 무대에서 뛰어 내려와 건의 앞에 서서 말했다.

"진짜, 진짜 보이나 보네요! 하하하. 이것 봐, 역시 내가 맞았어!"

건은 웃으며 발을 동동 구르는 세르게이를 보며 고개를 갸웃했다.

"그런데 이게 왜? 다른 사람들에게는 정말 안 보인대?"

세르게이가 깡총깡총 뛰는 것을 멈추고 건의 눈을 보며 말했다.

"네, 이곳 음악원에서는 아무도 제 말을 믿어주지 않았어요. 아무도 안 보인대요. 여기에 입학하기 전에도 그랬지만, 저와 같은 것이 보인다고 말해준 사람은 형이 처음이에요."

건이 놀란 눈으로 표트르를 보자 그가 고개를 끄덕였다. 건이 다시 세르게이를 보며 물었다.

"그런데 이게 무슨 의미인데? 그냥 음표에 색이 들어가 있는 것뿐이야?"

세르게이가 건의 말을 듣더니 얼른 안주머니에서 연필을 꺼내 악보를 펴고 무언가를 적기 시작했다.

"여기, 여기. 아까 말씀하신 녹색이 말하는 건 '질투'예요. 뒤 페이지의 검은색 음표가 말하는 건 '암울, 불길'을 나타내고, 다음 페이지의 붉은 음표는 '분노, 열정'을 말해요."

건이 악보에 소련어로 된 단어를 적고 있는 세르게이를 보며 말했다.

"질투? 분노? 무슨 말이야? 악보에 감정이 있다는 말이야?"

세르게이가 고개를 들어 건을 살짝 보며 고개를 저었다.

"아니요. 이 음악을 만든 작곡가의 감정이에요. 이 음악을 만들어 낼 때 가진 감정이겠죠. 관현악에는 가사가 없잖아요. 연주하며 감정을 표현하는 것이니까요."

건이 놀랍다는 듯 음표를 다시 보며 물었다.

"아니, 그럼. 작곡가가 표현하고자 했던 감정이 이런 색으로 표현된다는 거야?"

건이 아직 보지 못한 악보의 뒤 페이지를 넘겨 보며 물었다.

"그럼 여기 블루, 핑크, 화이트, 그레이로 표기된 음표는 무슨 감정을 말하는 거야?"

세르게이가 다시 연필을 들어 건이 가리킨 부분에 표기하며 말했다.

"블루는 '우울함', 핑크는 '건강함', 화이트는 '뜨거움', 그레이는 '불명확한 혼돈'을 말해요."

건이 입을 쩍 벌리고 세르게이를 보자 그 표정이 재미있다는 듯 까르르 웃은 세르게이가 그랜드 피아노 앞으로 쪼르르 달려가 의자에 앉았다.

세르게이는 건을 돌아보며 피아노 건반 위에 손을 올렸다.

"연주할 때 작곡가가 표현하려는 감정을 떠올리며 연주해야 작곡가가 그리는 곡을 완전히 표현해낼 수 있어요. 예를 들어 아까 보신 첫 페이지의 '그린'이라면 이렇게."

세르게이는 격정적인 피아노 연주를 시작했는데, 어떤 대상에 대한 분노를 표출하는 듯했지만 절제된 감정의 연주였다.

건은 열 살 정도로 보이는 세르게이의 엄청난 실력에 얼이 빠져 연주가 끝난 세르게이가 자신을 돌아보았을 때도 입을 벌리고 있었다.

세르게이는 건의 표정을 보고 다시 까르르 웃더니 말했다.

"그리고, 여기 이 파란색으로 표기된 음표는 이렇게."

세르게이가 연주를 시작하자 작은 방 내부에 우울한 감정이 휘몰아쳤다. 분명 조금 빠른 곡이었지만 정신적 슬픔이 가득 밀려오는 듯했다.

건이 세르게이의 연주를 들으며 악보를 보니, 파란색으로 표기된 음표 옆에 연필로 쓴 우울함이라는 글자가 보였다.

놀란 표정으로 세르게이와 악보를 번갈아 보고 있는 건에게 표트르가 다가와 옆에 앉았다. 표트르는 건의 표정을 빤히 보고는 물었다.

"미스터 김, 자신에게 이러한 것이 보인다는 것을 처음 아신 건가요? 표정에 놀라움이 담겨 있군요."

건이 악보에서 눈을 떼지 못한 채 고개를 끄덕이자 표트르가 물었다.

"그렇군요, 그럼 살면서 악보를 처음 보시는 겁니까?"

건이 고개를 들어 표트르를 보며 말했다.

"그럴 리가요, 전 연주를 하는 사람이에요. 악보라면 매일 보고 있어요. 어제도 보았지만 이런 게 보이진 않았거든요, 그래서 지금 무척 당황스럽네요."

표트르가 건의 말을 듣더니 심각한 표정을 지으며 턱수염을 쓸었다.

잠시 건을 빤히 보던 표트르가 창문 근처로 가 팔짱을 낀 잠시 창문 밖을 응시했다. 세르게이는 둘의 분위기가 심각하자 연주 소리를 줄이며 귀를 쫑긋했다.

표트르가 창밖을 본 채 한숨을 쉬며 말했다.

"그렇군요. 전 아마도 이것이 '음악적 각성'이 아닌가 합니다."

건이 악보를 손에 든 채 물었다.

"각성이요?"

어느새 연주를 멈춘 세르게이와 건이 표트르에게 시선을 집중하자 표트르가 둘을 번갈아 보며 말했다.

"네, 음악인들 사이에서는 신의 선물이라 불리는 것이죠."

표트르가 천천히 걸어 무대 위로 올라섰다.

검은 그랜드 피아노 앞에 앉은 세르게이가 다가오는 표트르를 의아한 눈으로 바라보았다. 표트르는 세르게이와 눈을 맞추며 말했다.

"얼음과 불의 노래, 사람의 감정을 밑바닥까지 들여다볼 수 있다는 '암두시아스의 눈.'"

표트르가 세르게이의 어깨를 잡으며 건을 돌아보며 말했다.

"암두시아스의 눈을 가진 자는 작곡가가 표현하고자 하는 모든 감정을 볼 수 있으며, 표현하고자 하는 모든 감정을 악보로 옮겨 낼 수 있다고 합니다. 저 역시 스승님이 말씀하신 것을 들었을 뿐, 믿지 않았었죠."

표트르가 건과 세르게이를 보며 잠시 안타까운 표정을 짓다 이내 고개를 젓고 다시 말을 이었다.

"음악이라는 악마가 당신과 세르게이에게만 준 능력. 바로 '암두시아스의 눈'입니다, 미스터 김."

◈ 4장 ◈
천재의 태동

건이 자신의 집 침대 위에 양반다리를 하고 앉아 우두커니 이불 위에 놓인 악보 하나를 보고 있었다.

악보는 아무렇게나 인터넷을 뒤져 나온 악보였는데, 유명한 음악이었는지 여러 색깔의 음표로 가득 메워져 있었다.

건은 무릎 위에 왼팔을 얹고 손으로 턱을 괴고 악보를 뚫어지게 보며 생각했다.

'꿈에서 깨고 나서도 계속 이 상태다, 여전히 음표에 색이 보여.'

건이 악보를 집어 들고 창문으로 들어오는 빛에 가져다 댔다.

'재미있는 건 컴퓨터의 화면으로 볼 때는 안 보인다는 건데,

반드시 프린트하거나 손으로 쓴 악보에만 색이 보이는 건가?'

건은 책상 서랍에서 볼펜을 꺼내 악보에 단어들을 적기 시작했다.

'세르게이 라흐마니노프가 알려준 감정은 일곱 가지.'

악보 한켠에 건이 필기한 내용이 보였다.

블루 : 우울한 감정.

레드 : 열정이나 분노.

그린 : 질투.

블랙 : 암울, 불길.

화이트 : 뜨거움.

핑크 : 건강함.

그레이 : 불명확한 혼돈.

건은 다시 턱을 괴고 한참 동안 자신이 기억해 낸 색에 따른 감정들을 악보와 대조해 보았다.

'이 악보는 주로 흰색의 음표로 이루어져 있구나. 그래서 제목이 'lava'인가 보다.'

건은 이후 30분이 넘게 그 자세로 악보를 들여다보며 심각한 표정으로 고개를 절레절레 흔들다가, 화들짝 놀라며 벽에 설치된 시계를 보고 난 후 침대에서 뛰어 내려오며 외쳤다.

"큰일이다, 오늘 첫 수업인데!"

건이 옷장으로 뛰어가 옷장 문을 여니 문 안쪽에 프린트된 종이가 한가득 붙어 있었다.

건은 바쁜 와중에도 프린트를 보며 살짝 웃음 지었다. 안쪽 벽에 붙어 있는 종이는 코디 방법인 듯 여러 가지 상, 하의와 신발, 모자, 액세서리 등의 사진으로 나타나 있었고, 상단에 한글이 쓰여 있었다.

-건아! 누나가 보내준 옷, 찾아 입기 힘들 것 같아서 옷 부위에 따라 박스에 넘버링 해놨어. 여기 아래 사진으로 찍어둔 대로 입고 다니면 어디 가서 옷 못 입는단 소리는 안 들을 거야. 공부 열심히 하고, 누나 잊지 말기!

-연주 누나가-

건은 넘버가 붙은 박스들을 열어 종이에 적힌 순서대로 옷을 입고는 마지막으로 종이에 나온 신발을 확인한 후 현관문으로 뛰어가 신발장에서 사진과 같은 신발을 찾아 신고 밖으로 뛰어나갔지만, 곧 다시 집으로 뛰어들어왔다.

"아차차, 내 기타!"

건은 아직 신발을 신고 집에 들어가는 서양식 집이 적응되지 않았지만, 급한 마음에 신발을 신은 채 방으로 뛰어들어가

세 개의 기타 가방 중 하나를 집어 들고 집 밖으로 뛰어나갔다.

건의 집에서 학교까지는 겨우 두 블록 거리였기에 전속력으로 뛰어가자 약 5분 만에 학교에 도착할 수 있었다.

학교 정문의 문을 급하게 밀고 들어간 건의 눈에 로비를 거닐고 있는 수십 명의 학생이 보였다. 건은 재빨리 학생들 사이를 요리조리 피하며 2층 스튜디오로 뛰어 올라갔다.

전체가 황갈색 나무로 인테리어 된 2층의 복도 중간쯤 짙은 갈색의 미닫이문을 열고 들어가니, 다행히 아직 늦지는 않은 듯 교수는 보이지 않았다.

뒤쪽 문이었는지 교실에 앉은 이십여 명의 학생들은 모두 뒷모습만 보였다. 스튜디오는 뒷자리가 가장 높고 앞으로 갈수록 낮아지는 구조였는데, 교단으로 보이는 곳이 가장 낮은 위치에 있었지만 모든 자리에서 잘 보이도록 설계되어 있었다. 건은 한숨을 쉬며 가장 가까운 맨 뒷자리에 앉아 땀을 닦았다.

건이 기타를 책상 옆에 세워두고 뒷모습만 보이는 학생들을 보니, 수업 첫날이라 그런지 모두 어색하게 서로 대화도 없이 조용히 앉아 있었다.

머리 색이 다양한 것을 보니 이곳 줄리어드가 국제적인 음악 천재들이 모이는 곳이라는 사실이 실감 났다.

잠시 후 앞문이 열리고 중년이지만 미모가 살아 있는 갈색 머리 여인이 들어와 교단에 섰다. 교수는 미소를 지은 채 학생들을 잠시 바라본 후 교단에 설치된 마이크에 입을 대고 말했다.

"반갑습니다, 신입생 여러분. 앞으로 기타 학과에서 여러분들과 함께할 샤론 이즈빈입니다."

건은 자신이 존경하는 기타 뮤지션에게 배울 기회가 생겼다는 생각에 가슴이 설레어 자기도 모르게 손뼉을 쳤다.

건이 먼저 손뼉을 치자 다른 학생들도 무의식중에 함께 박수를 쳤다. 샤론 교수는 그런 학생들을 웃으며 보다 손을 들어 박수를 멈추고 말했다.

"기타 학과는 일주일에 한 번 학생별로 전공 교수와 1시간의 개인 레슨을 갖게 됩니다. 또, 매주는 아니지만, 토요일에는 스튜디오 클래스가 열리게 되죠. 그 시간에는 수업 스케줄이 맞는 학생들과 제가 함께 연주하게 됩니다."

샤론 교수가 마이크 고정대에서 마이크를 떼어 들고 교단 중앙으로 나오며 말을 이었다.

"여러분이 학교생활을 하며 반드시 들어야 하는 수업은 음악 이론과 청음입니다. 이외에 실내악과 오케스트라, 합창 수업은 담당 교수들과 상의하여 수업 여부를 결정하시면 됩니다."

샤론 교수가 맨 앞 학생에게 물었다.

"거기, 백금발 여학생. 이름이 뭔가요?"

앞자리에 있던 백금발의 여학생은 살짝 놀라는 듯하더니 말했다.

"블라디미로브나입니다, 샤론 교수님."

샤론 교수가 웃으며 말을 이었다.

"그래요, 블라디미로브나 학생. 러시아에서 왔나 보네요. 질문 하나 할게요. 반드시 들어야 할 수업도 몇 개 안 되고, 전공 교수 레슨은 일주일에 한 시간. 수업 스케줄이 너무 넉넉하다고 생각하지 않나요?"

샤론이 질문을 끝내고 고개를 끄덕이는 여학생을 보고는 눈웃음을 지었다.

"그래요, 하지만 여러분. 여러분에게 주어진 시간이 많다고 생각하는 순간, 여러분은 뒤처지게 될 것입니다. 연주가는 항상 시간과 싸우지요. 흘린 땀은 여러분을 배신하지 않습니다. 남은 시간을 쪼개고 쪼개서 연습해도 시간이 부족할 것입니다. 그러니 남는 시간을 헛되게 보내지 말도록 해요."

샤론은 약간 긴장한 듯한 학생들을 둘러보며 말을 이었다.

"오늘은 첫 시간이라 간단히 미션만 드릴 생각입니다. 첫날부터 미션이 있다고 징징대는 학생은 없겠죠?"

샤론이 교단 위에 둔 리모컨을 들고 조작하자 교단 뒤의 프로젝션 화면 천에 불이 들어오며 PPT 화면이 떠올랐다. 화면에는 큰 글씨로 First Mission이라고 쓰여 있었다.

샤론 교수는 리모컨을 높게 들고 말했다.

"자 줄리어드에 온 여러분께 처음 드리는 미션입니다."

샤론 교수가 리모컨을 조작하자 화면이 바뀌며 화면에 한 남자의 흑백 사진이 걸렸다.

샤론은 리모컨을 내려놓고 화면 앞으로 다가가 학생들 쪽으로 등을 돌리며 말했다.

"첫 미션은 바로 '이삭 마뉴엘 프란시스코 알베니즈를 연주하다'입니다.

학생들이 순간 웅성거리자 샤론 교수가 앞으로 나서며 말했다.

"대부분은 알고 있겠죠? 스페인의 대표적 피아니스트 겸 작곡가입니다. 여러분은 알베니즈의 곡 중 한 곡을 미션 곡으로 골라야 합니다."

"그런데 그냥 알베니즈의 곡을 연주하는 것뿐이라면 너무 쉽겠죠?"

학생들이 의아한 눈빛으로 샤론을 바라보자, 그녀가 웃으며 리모컨을 조절했다.

"재미있는 미션을 위해 한 가지의 장치를 했습니다. 보시죠."

화면에는 Arrangement(편곡)라는 단어가 떠올랐다.

샤론은 당황스러워하는 학생들을 바라보며 외쳤다.

"기타 학과이지만, 어떤 악기든 관계없이 자유롭게 시도해 보세요. 어떤 방식의 연주든, 어떤 악기를 넣든 자신이 선택한 곡을 편곡해 그 악보를 완성해 오세요. 그것이 제가 여러분께 드리는 첫 번째 미션입니다!"

학생들은 갑작스러운 교수의 말에 당황해 우왕좌왕했다. 그러다 창문 쪽 중간에 앉은 남학생이 손을 들었다. 샤론 교수는 웃으며 손으로 남학생을 가리키며 말했다.

"네, 거기 학생. 말씀하세요."

금발 머리를 왼쪽으로 넘겨 빗은 남학생은 자리에서 일어나 조심스러운 어투로 말했다.

"저, 교수님. 저희는 기타 학과 학생들입니다. 작곡과 학생이 아닌데 이런 미션은 좀 당황스럽네요. 저희에게 도움이 되는 미션이니 시키시는 것이겠지만 조금 더 자세한 설명을 해주셨으면 합니다."

샤론 교수가 남학생에게 눈짓으로 앉으라는 신호를 주고 난 후 다시 마이크를 잡고 말했다.

"여러분, 줄리어드의 교육은 단지 연주에만 그치지 않습니다. 미리 알고 계시겠지만, 인문학 수업도 있다는 것. 다들 아시죠?"

학생들이 고개를 끄덕이자 샤론 교수가 말을 이었다.

"우리가 추구하는 예술가는 '생각하는 예술가'이고, '고뇌하는 예술가'이며, '창작하는 연주가'입니다."

샤론 교수는 씨익 웃으며 학생들을 둘러보며 말했다.

"스스로들 생각해 보세요, 어떻게 해야 할지. 자! 마지막으로 다시 한번 말씀드릴게요. 시간은 일주일 드리겠습니다. 알베니즈의 곡 중 한 곡을 선정하고, 편곡하세요. 편곡 시 꼭 기타만이 아닌 다른 악기를 추가해도 됩니다. 하지만 반드시 기타 연주가 들어가야 합니다, 아셨죠?"

샤론 교수는 마지막 말을 질문으로 맺고도 학생들의 대답을 듣지 않고 손을 흔들며 교실을 나가 버렸다. 학생들은 아직서로 친분이 없어 하소연도 못 하고 얼굴을 찡그린 채 각자의 짐을 챙겨들고 하나둘씩 자리에서 일어나 교실 밖으로 향했다.

건은 기타 가방의 앞 지퍼를 열고 조그만 수첩을 꺼내 수업 일정을 확인하였다.

"오늘은 첫날이라 이게 끝인가 보네. 다른 친구들은 벌써 연습실로 가는 것 같은데, 이미 마음속으로 곡을 정한 건가?"

건이 수첩을 다시 가방에 넣고 기타를 멘 후, 자리에서 일어나 교실을 나섰다.

줄리어드에는 84개에 달하는 연습실이 24시간 개방되어 있어서 연습실에 자리가 없는 경우는 거의 찾아볼 수 없었다. 건은 군데군데 빈 연습실이 있는 것을 보고는 고개를 끄덕이다 문득 생각했다.

'굳이 연습실에서 곡 선정을 할 필요는 없잖아? 가까운 단테 공원에서 맑은 공기라도 마시고 있으면 생각이 나겠지. 아, 로 건 씨네 가게에 가서 샌드위치를 사서 가면 피크닉 같겠다.'

건은 학교를 빠져나와 로건의 가게에서 늘 사 먹는 아보카 도 샌드위치 두 개를 사서 단테 공원의 잔디밭에 앉았다. 낮이 라 많은 사람으로 붐볐지만 다들 바쁜지 잔디밭에 앉아 있는 사람은 별로 없고, 공원 앞길에 바쁘게 걷는 사람들만 많이 보 였다.

건은 다리를 뻗고 앉아 하늘을 보았다.

하늘에 많은 이의 얼굴이 그려졌다. 엄마, 아빠, 시화, 영석, 병준, 연주, 상미, 린. 건이 고마운 사람을 떠올리자 자기도 모 르게 입에 미소가 지어졌다.

한참 행복한 추억을 떠올리던 건이 슬슬 어떤 곡을 선정해 야 할지 고민하려는 찰나 예전 준호가 만재도에서 해주었던 말을 떠올렸다.

'가장 좋은 노래는 진심이 담긴 노래이다'

건은 스스로 진심을 담아 연주할 수 있는 곡이 어떤 곡일까라고 생각하다, 무릎을 치며 외쳤다.

"그래, 샤론 이즈빈 교수님의 연주곡을 처음 들었을 때의 그곡! 그 곡도 알베니즈의 곡이잖아?"

건이 웃으며 손을 뒤로 뻗어 땅을 받치고 하늘을 보며 생각했다.

"내가 할 곡은 Asturias야, 그것도 샤론 이즈빈 교수님이 연주하신 악보로."

건은 학교 도서실로 뛰어가 샤론 이즈빈 교수가 연주한 버전의 Asturias 악보를 프린트했다.

샤론 교수의 곡 해석 능력을 못 믿은 것은 아니지만, 서로 비교하기 위해 '이삭 마뉴엘 프란시스코 알베니즈'의 원곡 역시 프린트한 후 단테 공원으로 돌아와 잔디밭에 자리를 잡고 앉아 악보를 꺼냈다.

아직 오전이라 그런지 햇볕이 따사로워 조금 추운 날씨지만 나름 견딜 만했다. 무엇보다 좁고 답답한 1인용 연습실보다는 탁 트인 야외의 공간이 더 마음에 들었다. 건은 샤론 교수의 악보를 먼저 꺼내 햇볕에 비추어 보다, 눈에 이채를 띠었다.

'색이 비어 있는 곳이 있다.'

건은 황급히 기타 가방에서 알베니즈의 악보를 꺼내 들고 햇빛에 비춰 보았다. 알베니즈의 악보는 빈틈없이 모든 음표에 색이 채워져 있었다.

악보 두 개를 바닥에 놓고 알베니즈의 악보와 비교해 빈 곳을 체크하던 건이 고개를 갸웃했다.

'여기 두 번째 페이지의 음표들은 하늘색이네? 하늘색은 무슨 뜻이지?'

건이 알베니즈의 악보를 손에 들고 생각에 잠겼다. 아무리 생각해 보아도 답이 나오지 않자, 이번에는 악보가 아닌 사람을 비교해 보았다.

'알베니즈는 스페인의 작곡가, 샤론 교수는 미국 세인트루이스 출신이다. 알베니즈는 피아니스트 겸 작곡가이지만 샤론 교수는 기타리스트이다. 기타와 피아노 표현의 한계 차이 때문에 생기는 일일까?'

건은 턱을 괴고 생각에 잠겼다가 문득 주머니에서 스마트폰을 꺼내 Asturias를 검색해 보았다. 한참 눈을 찌푸리며 스마트폰 화면을 뚫어지게 보던 건이 벌떡 일어나며 환호했다.

"그래, 이거였어!"

갑자기 벌떡 일어나며 두 손을 번쩍 든 건을 주위 잔디밭에 옹기종기 앉아 있던 사람들이 놀라 쳐다보았다.

건은 자신에게 시선이 집중된 것을 느끼고 멋쩍게 웃으며 미안하다는 듯 눈인사를 취하고 다시 자리에 앉았다.

'Asturias는 스페인의 자치구 이름이었어. 아스투리아스라는 지역에 대한 아름다움을 노래한 이 곡에서 미국 출신인 샤론 교수님께서 표현하지 못한 감정은 바로 '그리움'이다.'

건은 알베니즈의 악보에 하늘색으로 표기된 부분에 펜으로 그리움이라는 단어를 적었다. 건이 한 개의 산을 넘었다는 기쁨에 흥분했지만, 또 다른 산이 기다리고 있었다.

'하늘색은 해결했지만, 왜 샤론 교수님의 악보에는 군데군데 색이 없는 음표가 존재하는 걸까? 분명 알베니즈의 악보와 일치하는 음이 표기되어 있는데……'

건이 악보를 바닥에 두고 펜을 들었다. 샤론의 악보 옆 빈칸에 물음표를 계속 그리며 생각에 잠기던 건이 빈 음표 옆에 반음을 올린다는 의미의 샵을 그려놓아 보았지만 아무 변화가 없었다.

건은 고개를 절레절레 흔들며 또 다른 빈 음표가 있는 마디에 반음을 내린다는 의미의 플랫을 그려 넣어 보았다.

그러자 플랫이 그려진 음표가 있는 마디 안의 모든 음표에 색이 돌아왔다. 서서히 빛이 나던 음표가 완벽한 색을 그려가는 것을 보고 건이 입가에 미소를 지었다.

'이거다! 피아노로 표현할 때와 기타로 표현할 때의 음이 미묘하게 달랐던 거야.'

건은 신이 나서 빈 곳마다 플랫이나 샵을 그려 넣어 보았다. 잠시 후 샤론의 악보는 빈 곳을 찾을 수 없이 형형색색 색깔이 가득해졌다. 건은 완성된 악보를 높게 들고 만족스럽게 웃었다.

악보를 높게 들고 웃으며 둘러보니 주위가 어둑어둑해진 것이 느껴졌다. 건이 너무 빠르게 시간이 지나간 것에 대해 놀라 주위를 두리번거리자 가까운 곳에서 웅성거리는 소리가 들렸다.

건이 자신의 오른쪽으로 고개를 돌려 보자 많은 소녀가 잔디밭에 앉아 조용히 자신을 지켜보고 있었다.

건이 놀라 물었다.

"에? 뭐, 뭐예요?"

갈색 짧은 머리 여학생이 손을 번쩍 들고 자신의 팔목에 찬 시계를 가리키며 말했다.

"8시 40분이에요. 노래해 주시는 것 들으러 왔어요!"

건이 놀라 잔디밭에 앉은 소녀들을 대략 세어보니 오늘은 오십 명이 넘는 소녀들이 찾아와 있었다. 건은 부끄러운 듯 손을 허벅지에 닦으며 말했다.

"아…… 제가 숙제를 하느라고, 여러분이 오시는 걸 모르고 있었네요. 죄송합니다."

건이 살짝 고개를 숙이며 말하자 비명이 터져 나왔다.

"꺄악, 아니에요! 집중하는 모습이 아름다웠어요!"

"맞아요, 휘이익!"

"당신은 너무나 아름다운 남자예요!"

건이 쑥스러운 표정으로 뒤통수를 긁으며 기타를 꺼내 들었다. 잠시 어떤 노래를 해야 할지 고민하던 건의 눈에 바닥에 놓인 악보가 들어왔다. 건은 손을 내밀어 악보를 손에 들고 천천히 완성된 악보를 읽고 난 후 소녀들을 보며 싱긋 웃었다.

건의 웃음을 본 소녀들이 다시 한번 자지러졌다.

"꺄아악! 날 보고 웃었어!"

"아니야, 아니야! 나야, 나!"

"뭐야, 계집애야. 넌 로빈이 있잖아! 너 로빈한테 이른다?"

건이 난리를 피우는 소녀들을 보고 웃으며 악보를 높게 든 채 말했다.

"오늘은 여러분께 제가 연습해야 하는 기타 연주곡을 연주해 드릴게요. 괜찮나요?"

소녀들은 잠시 자신들끼리 웅성웅성 의견을 나누었다. 오늘 처음 보는 소녀들도 있었지만 덕질에는 국경이 없는지 서로 절친처럼 떠들어대는 소녀들이었다. 잠시 후 아까의 갈색 머리 소녀가 손을 들고 말했다.

"연주도 충분히 매력적이지만, 우리는 노래가 듣고 싶어요, 노래해 주시면 안 돼요?"

건이 턱을 매만지며 생각했다.

'음……. 연습할 시간이 없는데…… 이 사람들 앞에서 연주

해 보아야 반응도 볼 수 있을 것 같고…… 어떡하지?'

건이 고심하자 맨 앞줄에 앉은 금발 머리 소녀가 손을 들었다. 건이 말해보라는 듯 눈짓하자 소녀가 말했다.

"연주곡에 즉석에서 가사를 얹어 보면 어때요? 그럼 연주도 하시고, 우린 노래도 듣고 다 행복해지잖아요."

소녀의 말에 다른 소녀들이 동의한다는 듯 고개를 끄덕였지만, 곧 다시 시끄러워졌다.

"맞아요, 그렇게 해주세요!"

"얘는 음악이라곤 아무것도 몰라! 갑자기 가사를 어떻게 만들어?"

"왜? 있는 걸로 음만 얹으면 되잖아!"

"아휴! 이 무식한 애들 봐, 음악이 그렇게 쉬우면 누가 못 해?"

시끄러워진 소녀들이 신경도 쓰이지 않는지 심각한 표정으로 고민하던 건이 잠시 후 악보에 무언가를 적어나가기 시작했다.

소녀들은 한참 자신들끼리 설전을 벌이다 건이 집중하며 무언가를 적어나가자 손가락을 입에 대고 떠드는 소녀들을 진정시켰다. 소녀들은 순식간에 조용해졌고, 부스럭거리는 소리도 내지 않고 건에게 시선을 집중하고 있었다.

십 여분의 시간이 지나고 건이 고개를 들자 소녀들이 초롱초롱한 눈빛으로 자신을 보고 있는 것이 보였다. 건이 멋쩍은 듯한 웃음을 띠고, 악보를 앞에 놓으며 말했다.

"좋은 의견 주셔서 고맙습니다. 연주곡에 가사는 어울리지 않을 것이라는 고정관념을 부수어주신 점도 너무 감사해요. 잘될지 모르겠지만, 일단 가사로 멜로디 음을 만들어 봤어요. 갑자기 만든 것이라 많이 부족할 것 같아요. 그래도 들어주실 거죠?"

소녀들이 또다시 중구난방으로 외쳤다.

"그럼요, 빨리 들려주세요!"

"꺄악, 진짜야? 진짜 여기서 바로 만든 거야?"

"어떡해? 천재인가 봐!"

이번에는 맨 앞줄 왼쪽 끝에 앉아 있던 주근깨가 많고 빨간 머리의 소녀가 손을 들었다. 건이 눈짓하자 소녀가 일어나 쑥스러운 듯 손을 꼼지락거리며 말했다.

"저, 저기, 방금 가사를 직접 만드신 건가요?"

소녀들도 궁금하다는 듯 일제히 건을 보았다. 건은 아니라는 듯 손을 흔들며 말했다.

"아, 아니에요. 가사를 쓰는 건 그리 쉬운 일이 아니랍니다. 제가 연주할 곡에 어울리는 시를 찾아 적은 후 멜로디 라인을 입힌 거예요."

소녀들이 고개를 끄덕이다, 여기저기서 같은 질문을 했다.

"어떤 시에요? 우리도 시 좋아하는데."

"맞아요, 알려주세요. 어떤 시에요?"

"엄마, 시까지 잘 아나 봐! 검색도 안 하고 그냥 썼지, 방금?"

건이 기타를 꺼내며 빙긋 미소를 지었다.

"'페데리코 가르시아 로르카'라는 시인 알아요?"

소녀들이 하나같이 고개를 저으며 모른다는 표현을 하자 건이 웃으며 말했다.

"스페인의 시인이자, 극작가였던 사람이에요. 제가 연주할 곡 역시 스페인의 국민 음악가인 이삭 알베니즈의 곡이라 서로 맞을 것 같아서요."

소녀들은 건의 말에 고개를 끄덕이며 눈을 빛내었다. 건은 그런 소녀들을 한번 돌아보고는 기타를 허벅지에 올리며 말했다.

"곡 제목은 Asturias입니다. 스페인의 아스투리아스 지방을 떠올리며 만든 곡이라고 하네요."

건의 손끝에서 스페인 음악 특유의 빠르지만, 서정적인 멜로디가 만들어졌다. 소녀들은 도입부 16마디가 끝나기도 전에 자신도 모르게 눈을 감고 선율에 집중하였다.

단테 공원 주위를 거닐던 사람들이 멀리서 들리는 너무도 아름다운 선율에 자기도 모르게 하나둘씩 발걸음을 멈추고 귀를 기울였다.

아름다운 기타 선율은 이상향을 그리는 듯하였지만 무언가 그리운 마음이 들게 하였다.

기타 소리를 듣는 이들은 자신도 모르게 고향을 떠올렸고, 자연스레 고향에 계시는 부모님과 조부모님들을 떠올렸다.

모두에게는 각자의 어린 시절이 있다.

우리는 그 어린 시절의 기억을 문득 떠올릴 때마다 행복해지거나, 혹은 불행해졌다.

누군가에게 고향이란 그립고 돌아가고 싶기도 하지만.

누군가에게는 떠올리는 것만으로도 힘들어질 수 있다.

하지만 지금 이 순간.

기타 선율에 귀를 기울이는 모두에게.

유토피아에 가까운 고향의 모습이 그려졌다.

그리고 건의 입에서 초고음의 아리아가 터져 나온 순간.

눈을 감고 음악을 듣고 있던 모든 소녀의 눈이 부릅떠졌다. 단테 공원 주위에서 기타 소리에 귀를 기울이던 사람들이 각자 들고 있던 커피나 핸드폰을 떨어뜨렸다.

건은 눈을 감은 채 여성 소프라노나 낼 수 있는 고음으로 노래했다.

우리 모두의 영혼들은 붉은 별들을 갖고 있다.

세월의 책갈피에 끼워놓은 기억들을.

그리고 꿈과 선인들의 옛 도란거림이 있는.

깨끗한 영혼들을.

또 다른 영혼들은 절망의 환각들로 괴로워한다.

벌레 먹은 음식들. 별들의 흐름과도 같이.

멀리서 오는 갈라진 목소리의.

메아리. 기쁨이 없는 기억들.

기억의 부스러기들.

내 영혼은 오랫동안 방황해 왔다.

그건 언젠가는 사라진다, 영혼의 구석에 어두운 채.

절망에 침식당한 어린 영들은.

내 열정의 혼 위에 떨어진다.

모든 영혼들은 말한다.

나의 신(神)은 멀리 계시다.

노래가 멈추고 나서도 연주는 계속되었다. 단테 공원의 작은 콘서트장에는 여전히 오십여 명의 소녀들만이 앉아 있었지만, 나무 사이, 오솔길 사이, 걷거나 누워 있던 모든 이가 음악에 귀를 기울이고 있었다.

긴 연주가 끝나자 오솔길을 걷다 걸음을 멈추고 음악을 듣던 한 중년 신사가 하늘을 한차례 본 후 잠시 자신의 눈가를 비볐다. 그러고는 슈트 안주머니에서 전화기를 꺼내 어디론가 전화를 걸었다.

"여보세요, 어머니? 저예요, 폴. 너무 오랜만에 전화했죠? 하하, 갑자기 너무 보고 싶어져서요. 아버지는 잘 계시죠?"

줄리어드 스쿨의 기타 학과 교수실.

창밖으로 비치는 햇살을 보며 눈을 찌푸린 샤론 이즈빈 교수가 커튼을 치고, 테이블 위에 놓인 유럽풍 스탠드 조명을 켰다.

따뜻한 오렌지색의 조명이 켜지니 안티크한 교수실의 풍경이 더욱 아늑해졌다. 잠시 만족스러운 표정으로 교수실을 둘러보던 샤론 교수가 자신의 책상 위에 잔뜩 놓인 악보 용지 중맨 위의 것을 집어 들고 검은색의 편안해 보이는 의자에 몸을 깊숙이 묻었다.

한참 악보를 보던 샤론 교수가 자신의 앞머리를 쓸어 넘기며 말했다.

"역시 가장 많은 건 'suite Espanola No1. Op 47' 구나. 유명하기도 하고, 그리 빠르지 않은 곡이니 예상했었지만, 대부분의 학생이 선택할 거라곤 생각 못 했군."

샤론 교수는 다음 악보를 집어 들고 한참 악보를 넘겨 보다 악보를 한쪽으로 치웠다.

"원곡을 그대로 살린 학생은 없는 건가? 다들 편곡한답시고 곡의 방향을 틀어 놨네. 곡 해석은 해보고 편곡한 거야? 한심하군."

샤론 교수가 다음 악보들을 훑어보고 빠르게 넘겼다. 어떤 악보는 눈을 동그랗게 뜨고 이채를 발하다가, 뒤로 가면 갈수록 실망스러운 표정으로 바뀌기도 하였고, 첫 장을 보자마자 인상을 찌푸리며 악보를 옆으로 치워버리기도 하였다.

'음, 2년 전부터 신입생들 수준이 현저히 낮아졌어. 우리는 하얀 도화지가 필요한 거지, 이미 낙서가 잔뜩 되어 있는 헌 노트가 필요한 게 아닌데. 이건 단지 수준이 낮은 게 아니라 아예 잘못 배운 학생들도 많군."

샤론 교수는 마지막 하나의 악보만 남겨두고 잠시 자리를 떠 한쪽 구석에 놓인 에스프레소 기계에서 커피를 내리며 생각했다.

'애초에 기타 연주만을 해온 학생들에게는 무리였던 걸까? 코릴리아노 교수님의 말처럼 말이야.'

샤론 교수가 김이 모락모락 나는 커피잔을 들고 다시 자리에 앉으며 마지막 악보를 집어 들었다.

'오랫동안 고뇌하는 연주자가 될 재목을 기다려 왔지만, 정말 찾기 힘들구나. 음, 이 학생은 내가 연주한 곡을 선정했구나. 근데 이건 또 뭐야? 왜 오선지가 네 겹이나 있지?'

샤론은 별 기대 없는 눈으로 원곡이 기재된 오선 아래에 또 다른 오선들을 보았다.

'타브 악보? 일렉 기타와 베이스 기타, 드럼까지? 록 음악을 하겠다는 건가, 이 학생은?'

샤론 교수가 고개를 갸웃하며 악보를 한 장씩 넘겨보다 눈이 점점 커지더니 이내 자리에서 벌떡 일어났다.

"What? 원곡에 손을 댔어? 이런 건방진!"

샤론은 일어난 채 악보에서 눈을 떼지 못했다. 한참을 그렇게 종이를 넘기는 소리만이 적막한 방 안에 울려 퍼졌다.

샤론은 악보를 끝까지 한음 한음 읽은 후 다시 악보 맨 앞장을 보았다. 눈가가 파르르 떨리고 형용할 수 없는 표정을 지은 샤론이 급하게 커튼 아래 놓인 자신의 클래식 기타를 집어 들었다.

샤론이 악보를 보며 오선지 맨 위에 있는 클래식 기타 악보를 읽으며 연주를 시작했고, 방 안은 어느새 서정적인 스페인풍의 음악으로 가득해졌다.

한참 연주에 집중하여 눈을 감고 있는 샤론 교수의 머릿속에 갖가지 풍경들이 그려졌다.

조그만 계곡 사이로 나 있는 돌로 이루어진 아치형 다리. 졸

졸 흘러내리는 시냇물과 계곡 뒤편으로 보이는 초록색 산들. 산 밑에 오밀조밀 모여 있는 초록색 지붕의 작은 집들.

샤론 교수는 자신도 모르게 입가에 미소를 지었다. 알베니즈가 그리는 아스투리아스 지방의 아름다움이 고스란히 느껴졌기 때문이다. 그러다 한 부분을 연주하다 갑자기 연주를 멈추었다.

눈을 감은 채 눈가를 파르르 떨던 샤론 교수가 눈을 뜨고 황급히 악보를 집어 들었다.

"이…… 이거였어! 내가 그토록 찾고 싶었던 알베니즈의 잃어버린 한 조각!"

그랬다.

샤론이즈빈 교수는 자신의 투어 콘서트에 이 곡을 연주하고 세계적인 찬사를 받았지만, 스스로는 만족할 수 없었다. 알베니즈가 그려낸 아스투리아스 지방의 아름다움을 표현하는 것에는 성공하였지만, 무엇인가 빠진 것 같은 느낌이 들었기 때문이었다.

이미 고인이 되어버린 알베니즈를 찾아가 물어볼 수도 없는 상황이라 고민에 고민만 거듭하다 결국 투어 시간이 다 되어 미완성인 상태로 연주를 끝냈던 명곡 Asturias의 완벽한 기타 버전의 악보가 눈앞에 있었다.

샤론은 부들부들 떨리는 손으로 악보를 쓰다듬다가 다시

연주를 시작했다. 연주의 중반부부터 샤론 교수의 눈가에 눈물이 고이더니, 연주 후반부에 달해서는 얼굴의 화장이 모두 지워질 정도로 많은 눈물을 쏟아내었다.

7분이 넘는 긴 연주를 끝낸 샤론이 기타에서 손을 떼지 못하고, 눈도 뜨지 못한 채 얼굴 가득 눈물을 흘렸다. 샤론은 자신의 얼굴을 감싸 쥐고 한참을 그렇게 울고 있었다.

그때, 갑자기 박수 소리가 들렸다.

샤론 교수가 놀라 눈물이 범벅된 얼굴로 고개를 들어보니 열린 문 앞에 짧은 백금발 머리에 검은 뿔테 안경을 쓴 70대 후반의 노인이 손뼉을 치고 있었다. 노인은 검은색 목 폴라 니트를 입고 갈색 바지를 입고 있었는데, 매우 기쁜 듯한 표정을 지으며 웃고 있었다.

"축하해요, 샤론 교수님. 드디어 염원을 이뤘군요."

샤론은 노인의 말에 급히 고개를 돌리고 책상 위의 티슈로 얼굴을 닦은 후 말했다.

"어서 오세요, 존 코릴리아노 교수님"

코릴리아노 교수가 방 안으로 들어와 교수 책상 옆 소파에 앉으며 웃었다.

"당신이 도움을 청해왔지만, 나 역시 해결하지 못했던 숙제였는데 해결하신 것 같아 보기 좋습니다. 복도를 지나다 들려오는 기타 소리에 나도 모르게 문을 열고 들었던 것이니 결례를 용서하세요."

샤론이 고개를 저으며 답했다.

"아니에요, 교수님. 괜찮아요. 그나저나, 교수님이 듣기에는 어떠셨나요? 방금 그 곡."

코릴리아노 교수가 미소를 띤 채 손으로 턱을 괴었다.

"저 역시 우리가 찾던 그 한 조각이 무엇인지 깨달았습니다."

샤론이 고개를 끄덕이며 말했다.

"역시 교수님 생각도 마찬가지였군요. 그리움, 맞나요?"

코릴리아노 교수가 허벅지를 탁 소리 나게 치며 말했다.

"그래요! 그거였습니다. 저 역시 무척 궁금했는데, 샤론 교수님께서 풀어내서서 속이 시원하군요!"

샤론 교수가 심각한 표정으로 고개를 저었다.

"제가 아닙니다, 교수님."

코릴리아노 교수가 눈을 동그랗게 뜨며 물었다.

"예? 교수님이 풀어내신 게 아니란 말씀인가요? 그럼 누군가요? 알베니즈의 곡을 교수님 수준으로 해석하는 기타리스트가 또 있었던가요?"

샤론 교수가 말없이 떨어진 악보를 주워 내밀었다. 코릴리아노 교수는 악보를 받아 들고 크게 한번 숨을 들이마신 후 악보를 읽기 시작했다.

교수실에는 한참 동안 악보를 넘기는 사각사각 소리만이 울려 퍼졌다.

잠시 후 심각한 표정으로 악보를 보던 코릴리아노 교수의 눈이 점점 커지더니 다시 맨 앞 장에 편곡자 이름을 본 후 더 없이 커진 눈으로 샤론 교수를 쳐다보았다.

샤론 교수가 그런 코릴리아노 교수를 보며 천천히 고개를 끄덕이자, 코릴리아노 교수는 다시 악보의 이름을 가리키며 외쳤다.

"학생이란 말입니까? 몇 학년에 누구입니까? 졸업반인가요? 이런 천재가 우리 학교에 있었단 말입니까?"

코릴리아노 교수가 일어나 악보를 높게 들고 말했다.

"이런 곡을 만들 수 있는 학생이 지금까지 왜 눈에 띄지 않았죠? 미스터 김? 김 건? 동양 학생인가요?"

샤론 교수가 가만히 코릴리아노 교수를 보다가 입을 떼었다.

"신입생입니다, 교수님. 그것도 아직 담당 교수 레슨을 한 번도 받지 않은 학생이죠."

코릴리아노 교수가 비틀거리며 소파를 손으로 잡은 채 눈을 크게 뜨고 외쳤다.

"Holy Crap! 말도 안 됩니다! 이런 편곡을 할 수 있는 학생이 왜 기타과에 있나요? 당연히 우리 작곡과로 왔어야 합니다.

이 학생, 지금 어디 있나요? 어디 가면 만날 수 있죠?"

샤론 교수가 웃으며 진정하라는 듯 손을 들며 말했다.

"학생을 빼앗아 갈 생각은 하지 마세요, 교수님. 제 학생입니다."

코릴리아노 교수가 흥분한 듯 말했다.

"이, 이런 학생이라면 저도 가르쳐 보고 싶습니다, 교수님! 전공을 바꾸지 않더라도 부전공으로 작곡과를 선택하게 해주시면 안 되겠습니까?"

샤론 교수가 어깨를 으쓱하며 말했다.

"줄리어드의 수업이 그렇게 널널했었나요? 부전공까지 선택할 수 있을 정도로 여유로운 곳이 아니란 것은 잘 아실 텐데요, 교수님."

코릴리아노 교수가 풀이 죽은 표정으로 악보를 든 손을 떨구며 말했다.

"이런…… 어떻게 이런 학생이 있을 수가……."

샤론 교수가 그런 코릴리아노 교수를 보며 미소 지은 채 말했다.

"이번 주 토요일에 스튜디오 클래스가 있습니다. 그곳에서 이 학생의 곡을 다른 학생들과 연주해 보는 시간을 가질 거예요. 참관하시겠어요?"

코릴리아노 교수는 언제 풀이 죽었었냐는 듯 고개를 번쩍 들고 외쳤다.

"물론입니다. 당연히 가야죠! 저뿐 아니라, 저희 과 학생들도 모두 참관하게 해도 될까요, 교수님?"

샤론 교수가 웃으며 고개를 끄덕이자 코릴리아노 교수가 급히 전화를 들어 조교에게 전화를 걸었다.

"여보세요. 응, 날세. 이번 주 토요일에 우리 과 학생들 좀 소집해 주게. 기타 학과 스튜디오 클래스 참관 수업이네. 응? 왜인지는 그 날 설명해 줄 테니 모두 오후 2시까지 5층 스튜디오 B로 모이게 해줘. 그래, 갑자기 미안하네. 그럼 나중에 보지."

전화를 끊은 코릴리아노 교수가 다시 한번 악보를 살펴보다 고개를 들고 물었다.

"여기 아래쪽을 보니 일렉 기타와 베이스, 드럼까지 있네요. 록 음악을 하겠다는 건가요?"

샤론 교수가 고개를 저었다.

"자세히 보세요. 물론 록 음악에나 쓰이는 악기들이긴 하지만 절대 원곡을 해치는 수준이 아닙니다. 오히려 원곡의 감정을 더욱 끌어올리는 연주예요."

코릴리아노 교수가 다시 악보를 자세히 보더니 고개를 끄덕이며 턱을 쓸었다. 그러다 두 번째 페이지의 오선지 하단에 써진 글자들을 보여주며 물었다.

"그럼 이 글은 뭔가요, 가사? 연주곡에 가사를 붙였단 말입니까?"

샤론 교수가 고개를 끄덕였다.

"그런 것 같습니다. 가사만 쓰여 있고, 멜로디 라인이 기재되어 있지 않아 어떤 노래가 될지는 모르겠네요. 가사는 스페인의 시인 로르카의 시로 보이고요."

코릴리아노 교수가 다시 악보를 보며 말했다.

"그럼 그 학생에게는 어떤 역할을 주려 하십니까? 연주, 노래요?"

샤론 교수가 미미하게 미소를 지으며 말했다.

"프로듀서를 맡길 겁니다. 연주는 다른 학생들과 제가 할 것이고, 노래 부분은 여성 소프라노가 필요한지 남성 보컬리스트가 필요한지 아직 모르니, 물어보고 결정해야겠죠."

코릴리아노 교수가 고개를 끄덕이며 말했다.

"그렇네요, 프로듀서라면 이 곡을 제대로 해석해 연주할 수 있는 포지션이겠습니다. 좋아요! 크게 기대하죠. 내친김에 토요일의 스튜디오 클래스에서 만족스러운 결과가 나온다면 교수님과 이 학생에게 제가 저녁을 사겠습니다!"

샤론 교수가 웃으며 말했다.

"지난번처럼 또 첼시 마켓의 5불짜리 타코를 사주시진 않겠죠?"

코릴리아노 교수가 자신을 빤히 보는 샤론 교수의 얼굴을 보고 계면쩍게 웃으며 뒤통수를 긁다 함께 웃었다. 기타 학과 교수실에 때아닌 따뜻한 바람이 불었다.

건이 얼떨떨한 표정으로 스튜디오 B의 짙은 갈색 문을 열었다.

스튜디오 안에는 백 명에 가까운 학생들이 모여 있었는데, 자리가 부족해 의자에 앉아 있는 학생보다 바닥에 앉아 있거나 벽에 등을 기대고 서 있는 학생들이 더 많았다.

앞쪽 작은 무대에는 세 명의 학생이 있었는데, 긴 검은 머리의 이태리계 남학생은 일렉 기타를 조율하고 있었고, 흑인치고는 왜소해 보이는 남학생이 앰프에 연결하지 않은 베이스 기타를 튕겨보고 있었다.

왼쪽에는 금색 YAMAHA 12기통 드럼이 있었는데, 특이하게도 금발의 여학생이 악보를 보며 고개로 박자를 계산하고 있었다.

건이 조교를 통해 교수의 전언을 들은 것은 삼 일 전이었다. 자신이 제출한 악보로 스튜디오 클래스에서 연주하겠다는 전언을 듣고 뛸 듯이 기뻤던 건은 이어지는 조교의 말에 넋을 잃었다.

연주가 아닌 프로듀싱을 보라는 것 때문이었다. 거기다, 메인이 되는 클래식 기타 연주는 존경해 마지않는 샤론 이즈빈 교수가 직접 연주하겠다는 이야기를 듣고 기절할 듯 놀랐던 건에게 지난 삼 일은 정말 빠르게 스쳐 지나가 버렸다.

건이 무대 앞쪽으로 이동하자, 앞자리에 학생들과 앉아 있던 존 코릴리아노 교수가 건을 보고는 벌떡 일어나 손을 내밀었다. 건이 살짝 놀라며 내밀어진 손을 바라보자 코릴리아노 교수가 웃으며 말했다.

"그쪽이 김 건 학생이지요? 나는 작곡과 교수 존 코릴리아노라고 합니다."

건은 당황하며 코릴리아노 교수의 손을 맞잡았다.

"아, 예. 안녕하세요. 김 건이라고 합니다, 교수님. 그런데…… 작곡과 교수님과 학생들이 여기까지 어쩐 일이신지……."

코릴리아노 교수가 웃으며 팔짱을 끼었다.

"학생이 제출한 악보를 보았습니다. 여기 작곡과 학생들에게도 모두 보여 줬지요. 처음에는 주말에 소집한 스튜디오 클래스가 남의 과 참관 수업이라고 불만을 터뜨리던 학생들이 악보를 보여주자마자 놀라 너도나도 참관하겠다고 하더군요, 하하!"

건이 당황스러운 표정으로 학생들을 둘러보자, 저마다 웅성

웅성하던 학생들이 초롱초롱한 눈빛으로 건을 쳐다보았다.

특히 여학생들은 볼이 발그레해져서는 건과 눈도 마주치지 못하고 시선을 돌리는 학생들도 보였다.

코릴리아노 교수가 웃음을 띤 채 건의 등에 손을 얹고 말했다.

"엄청난 미남이군요. 신은 공평하다고 하던데 다 거짓말이었나 봅니다, 하하."

건이 부끄러운 표정을 짓자 코릴리아노 교수가 앞쪽 무대를 가리키며 말했다.

"자, 곧 수업이 시작될 시간입니다. 무대 위의 연주자들에게 최종 지시를 하시지요. 연습을 한 번도 안 하고 연주하는 것이니 기본적인 지시는 해야겠지요?"

건이 고개를 끄덕이며, 무대 위로 올라가 일렉 기타 연주자를 보며 살짝 묵례를 취했다. 검은 장발의 학생은 건의 인사에 자리에서 일어나 정중히 고개를 숙이며 말했다.

"반갑습니다. 일렉 기타를 연주할 '파비오 마르체티'입니다. 그냥 파비오라고 부르세요."

건이 반갑다는 듯 손을 내밀자, 건의 손을 맞잡은 파비오가 웃으며 말했다.

"편곡하신 곡을 연주해 봤습니다. 정말 멋진 편곡입니다, 미스터. 혹시 볼륨은 어떻게 하면 될지 의견을 구하고 싶습니다."

건이 파비오의 옆자리에 앉아 기타를 보며 말했다.

"펜더 스트라토 캐스터네요, 파비오 씨. 좋은 기타입니다. 이 기타라면 볼륨을 2 이하로 낮추어주세요. 들릴 듯 말 듯한 사운드가 나와야 합니다. 그리고 디스트는 4로 해주세요."

파비오가 의아하게 눈빛으로 고개를 갸웃하며 말했다.

"예? 디스트를 주란 말씀이신가요? 디스트나 게인을 주면 음이 탁해질 텐데요, 괜찮겠습니까?"

건이 고개를 끄덕이며 말했다.

"네, 디스트 게이지 4라면 적당한 탁함이 느껴질 거예요. 파비오 씨가 일렉 기타로 연주할 부분의 감정은 '새소리'예요. 아스투리아스 지방의 산에 노니는 새를 생각하며 연주해 주세요."

파비오가 살짝 의아한 표정을 지었지만 나름 이탈리아의 기타 천재 소리를 듣던 인재답게 곧 고개를 끄덕이고는 건의 지시에 따라 멀티를 밟은 후 헤드폰을 쓰고 혼자 연주 연습을 시작했다.

건은 파비오가 혼자 연습을 진행하자, 베이스 기타를 들고 자신을 보고 있는 흑인 남자를 보고 인사했다.

"안녕하세요? 저는 김 건이라고 합니다. 오늘 잘 부탁드릴게요."

흑인 남학생이 하얀 이를 드러내고 웃으며 손을 내밀었다.

"반가워요, 사무엘 채들러입니다. 사무엘이라고 불러주시면 됩니다."

건이 사무엘과 함께 웃으며 악수한 후 드럼에 앉아 이쪽을 보고 있는 여학생에게 손을 들었다.

"저기, 드럼과 베이스는 함께 들으시는 편이 좋을 것 같아요. 잠시만 이쪽으로 와주시겠어요?"

금발의 여학생은 건의 부름에 드럼 스틱을 손에 든 채 다가와 말했다.

"안녕하세요, 성함이 김 건 씨죠? 드럼과 교수님께서 도와주라고 해서 왔어요. 틴드라하글렌드입니다. 노르웨이 출신이고, 그냥 틴이라고 부르세요."

건이 웃으며 눈인사를 한 후 악보를 들어 보이며 말했다.

"사무엘 씨는 콘트라 베이스 전공이시죠? 잘 되었어요. 콘트라 베이스와 같은 주법으로 연주해 주시면 됩니다. 볼륨은 3으로 해주시고, 디스트 없이 깨끗한 사운드로 부탁드려요. 틴 씨? 히코리 재질의 스틱을 갖고 계시네요. 혹시 메이플 재질의 스틱도 가져오셨나요?"

틴이 팔짱을 끼고 서서 고개를 끄덕이자 건이 말을 이었다.

"네, 오늘은 그 스틱으로 부탁드려요. 오픈 하이해트 구간만 신경 써 주시면 됩니다."

사무엘이 알았다는 듯 볼륨을 조절하고 헤드폰을 끼자 틴드라 역시 드럼으로 돌아가 자신의 가방에서 메이플 재질의 드럼 스틱을 꺼내 쥐고 헤드폰을 썼다.

건이 셋의 연습하는 모습을 보고 있는데 무대 옆문이 열리며 샤론 이즈빈 교수가 들어왔다.

무대 위 학생들은 샤론 교수를 보고 각자 헤드폰을 벗고 자리에서 일어났다. 샤론 교수는 앉으라는 손짓을 한 후 건의 앞에 서서 말했다.

"오늘 잘 부탁해요, 프로듀서님."

건이 당황스러운 표정을 지으며 손을 흔들었다.

"아, 아닙니다, 교수님. 감히 제가 어떻게 교수님을 프로듀싱하겠어요?"

샤론 교수가 웃으며 자신의 기타를 꺼내 들었다.

"무대 위에서 프로듀서의 권한은 절대적입니다. 오늘은 저도 한 명의 연주자일 뿐이니, 잘 인도해 주세요."

샤론 교수가 무대 위 가장 앞자리에 앉아 기타를 쓰다듬으며 눈을 감자, 무대 아래에 앉아 있던 존 코릴리아노 교수가 일어나 뒤를 바라보며 외쳤다.

"자, 이제 스튜디오 클래스가 시작됩니다. 학생들은 모두 집중해주세요."

코릴리아노 교수가 다시 자리에 앉아 건을 향해 눈짓하자, 건이 고개를 끄덕였다.

"그럼, 연주 시작하겠습니다. 곡명 Asturias, 샤론 이즈빈 교수님의 버전입니다."

건이 말을 마치자 연주를 시작해야 할 샤론 이즈빈 교수가 건을 빤히 보더니 기타의 넥을 쥔 채 자리에서 일어나며 외쳤다.

"다시 소개합니다. 곡명은 Asturias, 한국에서 온 김 건 씨의 버전입니다."

건이 순간 놀라 눈을 동그랗게 뜬 채 샤론 교수를 쳐다보자 샤론이 아름다운 웃음을 머금고 건의 어깨를 툭툭 친 후 자리에 앉아 다시 눈을 감았다.

잠시 후 눈을 감은 채 집중하던 샤론 교수의 클래식 기타가 아름답고 빠른 선율을 토해내었다.

건은 당황스러운 마음을 잠시 접어 두고 눈을 감고 연주에 집중하였다. 역시 샤론 교수의 연주에는 흠잡을 곳이 없었다. 약 2분의 시간이 흐르고 일렉 기타와 베이스 기타가 합류하였다. 그와 동시에 샤론 교수와 건의 얼굴이 찌푸려졌다.

건은 손을 들어 연주를 멈추라는 신호를 보냈다. 샤론 교수는 눈을 감고 연주하고 있었으나 귀신같이 신호를 알아채고 연주를 멈춰주었다. 건은 무대 위로 올라가 파비오에게 말했다.

"파비오 씨, 기타의 볼륨을 1.5로 낮추고 디스트를 3으로 바꿔 보죠."

파비오가 고개를 끄덕이며 볼륨을 조절하자, 건이 사무엘에게 말했다.

"베이스는 볼륨을 3.5로 올리겠습니다."

사무엘 역시 고개를 끄덕인 후 볼륨을 조절하자 건이 무대 아래로 내려가며 샤론 교수에게 다시 연주를 시작하라는 신호를 보냈다. 샤론 교수가 다시 눈을 감고 집중하기 시작했다.

무대 아래에 있던 존 코릴리아노 교수는 턱에 손을 댄 채 건을 주시하며 생각했다.

'정확한 지시다. 프로듀서로서도 재능이 있는 친구였어. 무슨 수를 써서라도 작곡과 수업을 듣게 해야 해!'

무대 위에서 다시 샤론 교수의 서정적 연주가 쏟아져 나왔다. 무대 아래에서 연주를 듣던 학생들이 저마다 눈을 감고 선율에 몸과 감정을 맡겼다.

잠시 후 아주 멀리서 들려오는 새 소리가 일렉 기타를 타고 들려왔다. 계곡 속에 사는 두꺼비의 울음소리 같은 베이스 기타의 선율이 깔리자 음악은 점점 자연의 형태를 보이고 있었다.

학생들은 저마다 박자를 타며 몸을 조금씩 움직이고 있다가, 어느새 몸을 움직이지 못하고 눈도 뜨지 못하는 자신들을 보며 놀라움을 금치 못했다.

곧 작은 폭포수에서 흘러나오는 시냇물같이 작은 소리의 드럼이 합류하고 연주가 절정에 달했다. 많은 학생이 경악한 눈을 뜨고 연주자들에게서 눈을 떼지 못했지만, 코릴리아노 교수는 여전히 건에게서 눈을 떼지 못하고 있었다.

'록 음악이 아니었어. 이건 완벽한 합주다! 오케스트라로도 이런 감정을 끌어내지 못해. 가장 최선의 악기를 선택한 거야!'

샤론 교수는 눈을 감고 연주하는 내내 미소를 머금고 있었다. 자신도 모르게 지어진 미소는 점점 커져 얼굴 한가득 기쁨에 찬 웃음이 지어졌고, 곧 긴 연주가 끝났다.

잠시간 정적이 흐르고, 무대 위 연주자들이 일어나 인사를 하자 그제야 정신을 차린 학생들이 손뼉을 치며 휘파람을 불었다.

"와아!"

"휘이이이!"

"대단해요, 멋졌어요!"

"최고예요, 최고의 편곡입니다!"

칭찬 일색의 학생들을 돌아본 건이 쑥스러운지 볼을 붉었다. 끊이지 않고 나오는 박수 세례에 마지 못한 건이 무대 위로 올라가 손을 들자 더 큰 박수가 쏟아졌다.

건의 뒤에 서서 그 모습을 흐뭇한 눈으로 바라보던 샤론 교수가 손을 들어 학생들의 박수를 멈추고 말했다.

"여러분, 아직 연주가 완성된 것이 아닙니다."

샤론 교수의 말에 감격에 차 있던 학생들이 당황하며 외쳤다.

"예? 완성된 연주가 아니라니요?"

"말도 안 돼! 여기서 뭘 더 넣는다는 말인가요? 이미 완벽한 연주였어요!"

"맞습니다, 더 넣으면 오히려 곡을 망칠 수 있어요!"

샤론 교수가 시끄러워진 스튜디오를 한번 돌아보고 다시 손을 들었다.

"여러분, 미리 악보를 받아보셨을 겁니다. 이 악보에는 가사가 쓰여 있어요, 여러분들도 확인했죠?"

학생들이 그제야 생각났다는 듯 고개를 끄덕이며 서로를 바라보았다. 샤론 교수는 미소 띤 얼굴로 건을 보며 말했다.

"김 건 학생. 이 노래를 부를 사람은 여성인가요, 남성인가요?"

건이 잠시 샤론 교수를 본 후 무대 아래의 학생들을 둘러 보다 자신을 보고 있는 코릴리아노 교수와 눈을 맞추고는 말했다.

"이 노래는 남성의 노래입니다. 스페인의 정겨운 자연환경을 그리워한 알베니즈의 마음을 표현할 노래를 하는 것은."

건이 무대 위에 홀로 서 있는 스탠드 마이크 앞으로 이동해 말을 이었다.

"바로 접니다."

건이 마이크 스탠드 앞에 서자, 무대 아래 있었던 많은 학생이 놀라움을 금치 못했다.

건이 무대 위에 서서 아래를 바라보자, 맨 앞자리에서 팔짱을 끼고 있던 코릴리아노 교수가 고개를 저으며 생각에 잠긴 모습이 보였다. 코릴리아노 교수는 건을 올려다보며 걱정스러운 표정으로 생각했다.

'프로듀서의 영역이 아니다. 욕심이야, 과욕이다. 아직 어리구나.'

건이 가만히 무대 아래를 바라보고 있자 의자에 앉은 채 기타를 들고 있던 샤론 교수가 다가와 건의 등을 쓸어 내리며 배려심이 가득 담긴 목소리로 말했다.

"김 건 학생. 필요하다면 보컬과나 오페라 과에서 남자 보컬을 데려오도록 할게요, 무리하지 마세요."

건은 그런 샤론 교수를 돌아보며 맑은 웃음을 지었다.

"괜찮습니다, 교수님. 제가 하게 해주세요."

샤론 교수가 그런 건을 지그시 바라보고는 한숨을 쉬며 자리로 가 앉았다. 샤론 교수는 프로페셔널한 기타리스트답게 자리에 앉자마자 눈을 감고 잠시 집중하는 시간을 가졌다.

잠시간 자신을 가다듬은 후 크게 심호흡을 한 샤론 교수가 눈을 감은 채 다시 연주를 시작했다.

각자 팔짱을 끼거나 서로 웅성웅성 의견을 나누던 학생들도 샤론 교수의 연주가 시작되자 조용히 음악에 집중하기 시작했다.

샤론 교수는 최고의 연주자답게 방금 전 연주보다 더욱 집중한 연주로 아름다운 선율을 뽑아내었지만, 청중인 학생들은 건이 노래한다는 것 때문에 이미 집중력이 흐트러져 있었다. 모두가 연주보다는 스탠드 마이크 앞에서 눈을 감고 선 건을 집중했다.

클래식 기타의 빠른 선율이 조금씩 느려지고 일렉 기타와 베이스 기타가 들어가는 부분에서 건의 눈이 번쩍 떠졌다.

강렬한 눈빛으로 청중을 보는 건의 입에서 남자의 목소리라고는 상상할 수 없는 고음이 뿜어져 나왔다.

우리 모두의 영혼들은 붉은 별들을 갖고 있다.

세월의 책갈피에 끼워놓은 기억들을.

그리고 꿈과 선인들의 옛 도란거림이 있는.

깨끗한 영혼들을…….

헤드폰을 쓰고 있어, 건의 노래가 들리지 않은 다른 학생 연주자들이 흔들림 없이 박자에 맞게 선율을 치고 들어 왔다.

코릴리아노 교수가 자리에서 벌떡 일어났다.

무대 아래의 의자에 앉아 있던 몇몇 학생들도 자리를 박차고 일어났다.

자리에서 일어나지 않은 학생 중 상당수가 입을 크게 벌리고 경악한 눈을 크게 떴다.

건의 목소리는 여성 소프라노에 가까운 초고음이었고, 이는 천사의 목소리 같기도, 혹은 악마의 목소리 같기도 하였다. 코릴리아노 교수가 떨리는 눈빛으로 낮게 말했다.

"카…… 카스트라토?"

카스트라토란 남자아이의 변성기가 시작되기 전, 거세하여 소년 시절에 지니는 고음역대의 목소리를 유지하는 가수들을 가리킨다.

18세기 이전에는 여성의 종교 악극이나 오페라 출연이 터부시되었기 때문에 여성 역할을 맡을 남성 가수가 필요했고, 이것이 카스트라토의 출현으로 이어졌다.

코릴리아노 교수는 예전에 본 영화인 '파리넬리'를 떠올리게 하는 건의 초고음에 자신도 모르게 잘게 떨리는 자신의 오른손을 바라보았다.

떨리는 손에는 땀이 가득 쥐어져 있어, 주먹을 쥐자마자 주먹의 손가락 사이에서 땀이 흘러내렸다.

코릴리아노는 잠시 자신의 손을 바라보다 고개를 세차게 젓고는 다시 건을 바라보며 외쳤다.

"카스트라토 따위가 아니야!"

코릴리아노의 경악한 눈동자 속에 클라이맥스로 치달아 더욱 높아진 고음을 팻대 선 목으로 부르는 건의 모습이 그려졌다.

곡이 주는 감정 이상의 액션을 취하지 않는 건이었기에 절제된 고음이 끊임없이 이어졌다.

......

내 영혼은 오랫동안 방황해 왔다.

그건 언젠가는 사라진다, 영혼의 구석에 어두운 채.

절망에 침식당한 어린 영들은.

내 열정의 혼 위에 떨어진다.

모든 영혼들은 말한다.

나의 신(神)은 멀리 계시다.

건의 노래가 끝났지만, 연주는 계속 이어졌다. 눈을 감고 연주하는 샤론 교수의 눈가가 파르르 떨리고, 기타를 잡은 손 역시 덜덜 떨려왔지만, 그녀는 이 연주를 멈추고 싶지 않았다. 그녀에게는 일생에 단 한 번뿐인 연주가 될지도 모르기 때문이었다. 이 시간이 영원하길 고대하고 고대했지만 결국 곡은 끝이 났다.

곡이 끝나고, 연주하던 연주자들도, 노래를 한 건도 모두가 지그시 감은 눈을 떴지만, 무대 아래의 학생들은 그 누구도 입을 열지 못했다. 한참의 정적이 흐르고 코릴리아노 교수의 외침이 터져 나왔다.

"Increíble! Grito del paymon!"

학생들은 코릴리아노 교수의 외침이 터져 나오자 화들짝 놀라며 정신을 차렸다. 학생들은 서로를 바라보며 눈을 크게 뜨고 입을 벌린 채 건과 서로를 번갈아 가며 보았다. 아마도 내가 본 것을 너도 본 것인가에 대한 의문이 담겨 있는 눈빛이었으리라.

샤론 교수가 의자 옆의 기타 스탠드에 자신의 기타를 세운 후 천천히 일어나 무대 아래 얼이 빠진 학생들을 보며 두 손을 올려 박수를 치기 시작했다.

짝, 짝, 짝!

무대 아래의 학생들은 박수를 치기 시작한 샤론 교수를 보고서야 함께 박수를 치기 시작했다.

"브라보!"

"최고였어요!"

"이런 공연을 볼 수 있다니! 오 나의 주여!"

"엄청난 목소리였어요!"

샤론 교수는 박수를 끊지 않고 건의 옆에 다가와 건의 얼굴 쪽으로 손을 내밀며 박수를 치며 웃었다. 샤론 교수의 박수 유도에 무대 아래에서 더 큰 박수가 쏟아져 나왔다.

건이 음악이 주는 행복감에 젖어 미소 지으며, 파비오와 사무엘, 틴드라에게 차례로 박수를 보내자 학생들도 환호를 지르며 연주자들에게 찬사를 보내주었다.

한참을 우레와 같은 박수와 환성 소리로 가득 차 있던 무대는 미소를 지으며 손을 든 샤론 교수에 의해 점점 조용해져 갔다.

샤론 교수는 적당히 소란이 가라앉자 여전히 미소를 지우지 않은 채 학생들을 둘러 보며 말했다.

"모두 즐거운 토요일인데, 이렇게 모여주시느라 수고하셨습니다. 오늘의 스튜디오 클래스는 여기서 마치도록 하겠습니다. 수고해 준 연주자들에게 다시 한번 박수를 보내주세요!"

학생들이 다시 한번 연주자들에게 아낌없는 박수를 보내주고, 연주자들이 나와 손을 잡고 정중히 인사하자, 모두가 웃으며 하나둘씩 스튜디오를 빠져나가기 시작했다.

건이 행복한 미소를 지으며 그런 학생들을 바라보고 있는데, 여전히 그 자리에서 움직이지 않고 떨리는 눈으로 건을 바라보고 있는 코릴리아노 교수가 눈에 들어왔다. 건이 의문스러운 눈으로 코릴리아노 교수에게 말했다.

"교수님, 어디 안 좋으신가요? 얼굴빛이 안 좋아요."

코릴리아노 교수가 건의 음성을 듣자 한차례 몸을 떨었다. 코릴리아노 교수가 손을 부들부들 떨며 비틀비틀 무대 가까이에 다가와서는 무대 위에 있는 건에게 오른손을 뻗었다. 건이 악수하자는 의미로 받아들이고 웃으며 손을 잡자 코릴리아노 교수가 건의 손을 꽉 잡으며 말했다.

"파, 파이몬……. 파이몬의 비명이었어. 내가 분명히 들었어."

건이 떨리는 눈으로 말을 더듬는 코릴리아노 교수를 보며 물었다.

"예? 파이몬의 비명이라니요?"

코릴리아노 교수가 떨리는 손이 펴지지 않는지 건의 손을 놓아주지 않자 샤론 교수가 나섰다.

"존 코릴리아노 교수님, 어디 안 좋으신가요? 얼굴이 질리셨어요, 잠시 교수실로 가 커피 한잔하시는 게 어떨까요?"

샤론 교수는 사시나무 떨듯 떨며 건에게서 눈을 떼지 못하는 코릴리아노 교수를 보고는 난감하다는 듯 웃으며 건과 연주자들에게 말했다.

"오늘 함께하기로 한 저녁 식사는 다음으로 미룰게요, 미안해요. 보시다시피 밥을 사기로 한 분 상태가 좋지 않네요. 걱정은 하지 마세요. 음악적인 충격을 받으신 것 같으니 조금 쉬면 나아지실 겁니다."

샤론 교수가 코릴리아노 교수를 부축하며 스튜디오를 나가자, 건과 연주자들은 서로 바라보며 어깨를 으쓱했지만, 곧 멋진 연주를 했다는 기쁨에 서로 하이파이브를 나눴다.

샤론 교수는 코릴리아노 교수의 팔목을 잡고 교수실로 와 소파에 편하게 앉게 하였지만, 여전히 넋이 나간 듯한 코릴리아노 교수가 중얼중얼했다.

"파이몬, 파이몬의 비명이었어. 전설이 맞았어."

샤론 교수는 따뜻한 원두커피를 두 잔 내려 한잔을 코릴리아노 교수 앞에 놓고는 맞은 편에 앉으며 물었다.

"아까부터 자꾸 파이몬, 파이몬 하시는데. 도대체 그게 뭐길래 이러세요, 교수님?"

코릴리아노 교수는 자신의 앞에 놓인 커피를 우두커니 바라보며 말했다.

"전설, 전설이에요, 샤론 교수님."

샤론이 커피를 한 모금 마시려다 놀란 눈을 동그랗게 떴다.

"네? 전설이라니요?"

코릴리아노가 등을 소파에 깊숙이 기대며 손으로 얼굴을 가리며 말했다.

"스승님의 스승님이, 또 그 스승님의 스승님께서 말해주셨다는 전설이었습니다. 악마 파이몬의 비명을 가진 자, 세상의 모든 음악이 가진 숨결을 토해내는 자."

샤론이 커피를 내려놓으며 말했다.

"도대체 무슨 말씀이신지 모르겠습니다, 코릴리아노 교수님."

코릴리아노 교수가 몸을 살짝 일으켜 허벅지에 팔꿈치를 대고 두 손을 이마에 얹으며 말했다.

"후우……. 오페라 학과의 레온틴 프라이스 교수님을 만나야겠어요, 지금 당장."

샤론 교수가 고개를 갸웃하며 물었다.

"도무지 이해가 되는 말이 하나도 없네요, 교수님. 여기서 갑자기 오페라 과의 프라이스 교수님의 이야기가 왜 나오는 거죠?"

코릴리아노 교수가 샤론을 보며 진중한 표정으로 말했다.

"샤론 교수님, 재작년 크리스마스 파티에서 술에 취하신 프라이스 교수님이 하신 말씀을 기억하시나요?"

샤론이 잠시 생각하는 듯하더니 고개를 저으며 말했다.

"너무 오래된 일이라 그런지 기억이 가물가물하네요. 어떤 말씀이셨죠?"

코릴리아노 교수가 한숨을 쉬며 말했다.

"그때 프라이스 교수님은 '세상에 존재하는 모든 보컬리스트의 소원은 죽기 전에 파이몬의 비명을 단 한 번이라도 들어보는 것이다'라고 하셨었습니다."

샤론이 생각난다는 듯 고개를 끄덕였다.

"아, 그랬군요, 생각나네요. 그때도 파이몬이 뭔지 물었었지만, 코릴리아노 교수님은 그저 웃음만 지으셨죠."

코릴리아노 교수가 샤론 교수를 슬쩍 보며 말을 이었다.

"허구라고 생각했으니까요. 그냥 음악인들 사이에 전설처럼 떠돌던 허무맹랑한 이야기라고 생각했었거든요. 또, 만약 듣게 된다 하더라도 한 번도 들은 적 없는 음성을 어떻게 파이몬의 비명인지 알아보겠냐고 생각했었어요. 예전에도 그 비슷한 질문을 프라이스 교수님께 한 적이 있었고요."

샤론이 궁금한 표정으로 물었다.

"그랬더니 프라이스 교수님이 뭐라고 하셨었나요?"

코릴리아노 교수가 회상에 젖은 얼굴로 답했다.

"듣는 순간, 내가 무엇을 듣고 있는지 알아챌 수 있을 거라고 하셨죠. 그리고 전 오늘 들었습니다. 아니, 보았습니다, 파이몬의 비명을."

코릴리아노 교수가 양손으로 얼굴을 감싸며 말했다.

"보았습니다, 천사의 미소를 가진 아름다운 소년을. 들었습니다, 악마의 아름다움을 가진 미성의 목소리를."

오래된 오페라 음반들과 흑백 사진의 액자들이 잔뜩 걸려 있는 방.

뚱뚱한 90대 흑인 할머니가 인자한 웃음을 띠고 자신을 찾아온 샤론 교수와 코릴리아노 교수를 바라보고 있었다. 둘의 앞에는 할머니가 내어 준 홍차와 쿠키가 놓여 있었다.

할머니는 티 테이블에 둘러앉은 교수들을 바라보며 말했다.

"바쁜 우리 교수님들이 늙은 호호 할머니를 다 찾아오시고, 무슨 일이신가요?"

할머니가 인자한 웃음을 지으며 말하자, 코릴리아노 교수가 당황한 표정으로 말했다.

"아, 그동안 찾아뵙지 못해 죄송합니다, 교수님. 자주 온다고 약속드렸는데 못 지켰네요."

샤론 교수 역시 황급히 말했다.

"프라이스 교수님, 저희 맘 아시잖아요, 어머니같이 생각하고 있다는 것."

흑인 할머니의 이름은 레온틴 프라이스.

1927년 가난한 농부의 딸로 미시시피 주에서 태어나 당시의 인종 편견을 이겨내고 흑인 소프라노로 전설적인 명성을 떨친 여 가수로 현재는 줄리어드의 오페라과 교수로 재직하고 있었다.

프라이스 교수는 얼굴 가득 웃음을 보이며 말했다.

"호호, 농담이에요, 교수님들도 참."

곱게 웃으며 말하는 프라이스를 보고서야 한숨을 지으며 마음을 놓는 둘이었다. 그만큼 개인적으로 존경하는 교수였기에 둘은 친근하게 생각하면서도, 무척 어려워했다.

프라이스 교수는 한참 두 사람을 번갈아 보며 웃더니 눈물을 닦으며 말했다.

"호호, 죄송해요. 제가 소일거리가 없어서 그런지 요새 웃을 일이 없었거든요. 두 분이 오시니 벌써 즐거워서 웃음이 멈추질 않네요, 호호, 콜록 콜록."

프라이스 교수는 갑자기 나온 기침에 홍차를 한 모금 마신 후 물었다.

"늙은이 즐겁게 해주려고 오실 리는 없고, 두 분이 함께 웬일이시지요?"

코릴리아노 교수가 자리에서 자세를 고쳐 앉으며 말했다.

"프라이스 교수님, 혹시 저에게 해주셨던 이야기 중에 '파이몬의 비명'이란 말을 기억하시나요?"

프라이스 교수가 반색하며 말했다.

"물론 기억하지요, 한때 제 유일한 라이벌이었던 '칼라스'의 목소리를 듣고 혹시 저 목소리가 아닌가 의심한 적도 있었으니까요, 그런데 파이몬의 비명이 왜요?"

코릴리아노 교수가 샤론 교수를 슬쩍 본 후 말했다.

"저희가 파이몬의 비명을 들었습니다, 교수님."

프라이스 교수는 눈을 동그랗게 뜨고 코릴리아노를 바라보다 크게 웃기 시작했다.

"네에? 아하하하하, 오호호호호."

프라이스 교수가 웃기 시작하자, 코릴리아노 교수가 예상했다는 듯 한숨을 지으며 고개를 절레절레 흔들었다.

코릴리아노 교수는 가만히 프라이스 교수의 웃음이 멈추기를 기다렸다. 한참을 웃던 프라이스 교수는 여전히 심각한 표정으로 자신을 바라보는 코릴리아노 교수를 보고 점차 웃음을 멈추었다.

프라이스 교수는 잠시 코릴리아노 교수의 표정을 살피다가 옆에 앉은 샤론 교수를 바라보았다. 샤론 교수는 프라이스 교수와 눈을 맞추고는 고개를 미미하게 끄덕였다.

프라이스 교수가 다시 코릴리아노 교수를 보고 물었다.

"코릴리아노 교수님, 파이몬의 비명이 무엇인지 제대로 알고 계신가요?"

코릴리아노 교수가 고개를 저으며 말했다.

"정확한 건 저도 모릅니다, 하지만 듣는 순간 깨닫게 된다는 말씀은 분명히 기억합니다. 저 역시 음악계에서 오래 굴렀습니다, 교수님. 고작 헛소리나 하려고 여기까지 온 것은 아닙니다."

샤론 교수가 프라이스 교수의 손을 잡으며 물었다.

"프라이스 교수님, 저도 궁금해요. 도대체 코릴리아노 교수님이 말씀하시는 파이몬의 비명이 뭔가요? 교수님 말씀으로는 프라이스 교수님께 들으셨다고 하던데."

프라이스 교수가 샤론 교수와 잠시 눈을 맞추더니 자리에서 일어나 자신의 책상 뒤에 있는 미국 지도 중 한 부분을 가리켰다.

"두 분 혹시 뉴멕시코주와 애리조나, 텍사스 주에 존재하던 아메리카 원주민 중 '푸에블로(Pueblo)'라는 부족을 들어보셨나요?"

샤론 교수가 고개를 끄덕이며 말을 받았다.

"네, 교수님. 들어봤어요. 1,600년쯤 스페인 장군이 뉴멕시코 주에 스페인 이주민들을 정착시키며, 분쟁이 있었던 부족 정도란 것만 알고 있어요."

프라이스 교수가 샤론 교수를 슬쩍 본 후 말을 이었다.

"정확히는 1598년이었어요. 스페인 사람들이 그들에게 푸에블로 인디언이라는 명칭을 붙여 준 것이죠. Pueblo라는 것은 스페인어로 부락(Village)이란 간단한 뜻이고요."

프라이스 교수가 다시 소파로 다가오며 말했다.

"우리가 아는 푸에블로에 대한 지식은 그들의 잔혹했던 역사뿐일 겁니다. 스페인의 탄압으로 600명이 죽었다던가, 혹은 25세 이하의 젊은 청년들의 발목을 잘라냈다는 것이겠지요."

프라이스 교수가 소파에 앉은 후 두 손을 배 위로 모으고 말했다.

"푸에블로의 원시 신앙에 대해서는 아무도 관심이 없죠. 그들은 인간이 지하 세계에서 밖으로 나왔다고 믿습니다. 인간의 의무는 자연과의 조화를 이루기 위해 땅 위의 것을 돌보아야 하는 것으로 생각한다고 해요. 지금은 여러 곳으로 흩어져 살고 있지만 지금도 공통으로 진행하는 행사가 있어요."

샤론 교수가 궁금하다는 눈빛을 보내자 프라이스 교수가 싱긋 웃으며 말했다.

"비가 많이 내려서 옥수수의 경작이 잘 되길 기원하는 콘 댄스(Corn Dance)의식이에요."

프라이스 교수가 쿠키를 손에 들고 입으로 가져가다 말고 둘을 보며 말했다.

"그런데 이 의식에서 노래하는 사람이 있었다고 해요. 지금은 모두 사라졌지만, 그들은 그 노래하는 이를 자연신과 인간 사이의 중개 역할을 하는 '카치나(Kachina)'라고 불렀답니다."

프라이스 교수는 쿠키의 냄새를 킁킁 맡더니 고개를 갸웃하며 쿠키를 내려놓았다.

"응? 분명 아몬드 쿠키를 내놓았던 것 같은데, 이건 시나몬 쿠키네요. 늙어서 기억이 가물가물 한가 봅니다. 호호"

두 사람이 진중한 표정으로 자신을 바라보고 있자, 농이 통하는 분위기가 아님을 느낀 프라이스 교수가 다시 둘을 보며 입을 열었다.

"혹시 아실지도 모르겠습니다. 1675년에 스페인 사람들이 푸에블로의 원시 신앙에 대해 종교적 박해를 하는 일이 발생했었죠. 이로 인해 푸에블로에 존재하던 47명의 종교 지도자를 체포하고 4명에게 교수형을 언도했습니다. 그때 교수형을 당해 죽은 4명이 그들의 마지막 카치나였습니다."

코릴리아노 교수가 물었다.

"종교적 탄압은 왜 일어난 건가요, 교수님? 당시에 스페인 사람들이 원주민에 대한 강제적 종교 포교를 하는 일은 없었을 텐데요."

프라이스 교수가 고개를 끄덕이며 말했다.

"맞습니다, 포교 활동은 아니었어요."

샤론 교수가 의아한 눈빛으로 물었다.

"그럼요?"

프라이스 교수가 홍차가 담긴 잔을 들고 향을 맡으며 말했다.

"당시 이주하였던 스페인 사람들의 입에서 입으로, 푸에블로가 섬기는 신이 파이몬이라는 소문이 났기 때문이에요."

샤론 교수가 물었다.

"파이몬이요? 혹시 아까부터 말씀하신 파이몬이란 게, 솔로몬의 72 악마에 나오는 그 파이몬인가요?"

프라이스 교수가 홍차를 한 모금 마시고 테이블 위에 잔을 내려놓으며 고개를 끄덕였다.

"맞습니다. 그래서 그런 잔혹한 일이 일어났었죠. 어쨌든, 파이몬의 비명은 푸에블로의 종교 지도자 중 카치나가 내던 악마의 힘이 담긴 목소리라고 합니다. 여기까지가 제가 어릴 때부터 들어온 이 이야기의 전부에요."

코릴리아노 교수가 팔짱을 낀 채 심각한 얼굴로 생각에 잠겼다. 샤론 교수 역시 잠시 초점 잃은 눈으로 멍하니 한 곳을 바라보았다.

프라이스 교수가 그런 둘을 번갈아 보며 말했다.

"정말, 정말인가요? 파이몬의 비명이란 말."

코릴리아노 교수가 눈을 감은 채 고개를 끄덕이며 말했다.

"전 분명하다고 확신하고 있습니다."

프라이스 교수가 진위를 파악하려는 듯 코릴리아노 교수를 뚫어지게 바라보았다.

심각한 표정의 코릴리아노를 한참 쳐다보던 프라이스 교수가 한숨을 쉬며 등을 소파에 기대었다.

"코릴리아노 교수가 괜한 말씀을 하시는 분이 아니니, 무조건 믿지 않을 수도 없겠네요."

샤론 교수가 문득 생각난 듯 코릴리아노 교수에게 물었다.

"그런데 교수님, 그 학생의 목소리가 파이몬의 비명이라는 것이 사실일 경우에 무슨 일이 벌어지는 건가요?"

코릴리아노 교수가 잠시 프라이스 교수를 지그시 바라본 후 샤론 교수를 보며 말했다.

"아무 일도요, 아무 일도 일어나지 않습니다. 다만, 우리 셋은 희대의 음악가를 보게 되겠죠."

잠시 정적이 흐르고 서로 다른 생각에 빠져 있던 셋의 침묵을 깬 것은 프라이스 교수였다.

"그 학생에 대해서는 저도 꼭 기억해 두고 있겠습니다. 사실 그 목소리를 가졌다는 사실 하나만으로 문제가 될 것은 없습니다. 그저 항상 관심 가져 주고 엇나가지 않게 두 교수님께서 잘 지도해 주세요."

미미하게 고개를 끄덕이는 두 교수를 본 프라이스가 다시 미소를 지으며 샤론 교수의 손을 잡고 물었다.

"아 참, 샤론 교수님? 3개월 전 다니엘 씨의 부탁은 어떻게 되었나요?"

샤론 교수가 한숨을 쉬며 말했다.

"아직 해결하지 못했습니다, 교수님. 여러 시도를 해보고 있긴 해요. 여기 코릴리아노 교수님도 도와주고 계시고요."

코릴리아노 교수도 한숨을 쉬며 거들었다.

"쉽게 보고 덤볐다가 다니엘 웨이스 씨께 폐만 끼쳤습니다."

프라이스 교수가 둘을 보며 웃음을 지었다.

"쉽게 해결할 수 있는 문제였다면 다니엘 씨가 이미 해결했겠죠. 60세도 안 되어 뉴욕 메트로폴리탄 미술관의 CEO가 된 사람인걸요? 그런데, 제가 기억이 잘 안 나서 그런데 무슨 부탁이었죠?"

샤론 교수가 말했다.

"뉴욕 메트로폴리탄 미술관의 여러 관람관 중 '19세기 명화관'이란 전시관이 있는데, 반 고흐와 같은 유명 화가들의 그림 중 19세기에 그려진 그림들이 약 3천여 점이나 보관되어 있는 곳이에요.

얼마 전 미술관을 방문한 게스트들을 대상으로 지급된 오디오 가이드에 센서를 부착해서 각 전시관 당 머문 시간을 계산해 보았는데, 19세기 명화관을 상당히 빠른 속도로 지나친다는 결과가 나왔다고 합니다."

샤론 교수는 잠시 숨을 돌린 후 말을 이었다.

"다니엘 웨이스 씨는 이 문제의 해결을 하기 위해 인테리어도 바꾸어 보고, 그림의 위치도 바꾸어 걸어 보셨다고 해요. 하지만 이 문제가 여전히 해결되지 않고 있어, 미술관에 흐르는 음악을 바꾸어 달라고 하셨습니다. 하지만 어떤 음악으로도 사람들의 발길을 묶어둘 수 없었어요."

코릴리아노 교수가 고개를 흔들며 말했다.

"처음에는 저희가 작곡한 음악들이 모자란 것으로 생각했었습니다. 그래서 역사적으로 유명한 음악가들의 음악들도 배치해 보았지만 아무 효과가 없었습니다."

프라이스 교수가 고개를 끄덕였다.

"난감한 문제로군요. 두 분이 고생이 많으세요."

프라이스 교수는 둘의 손을 꼭 잡아 준 후 자리에서 일어섰다.

"홍차를 더 내어 올게요."

프라이스 교수가 홍차를 따라 쟁반에 받쳐 가져온 후 갑자기 웃음을 지으며 말했다.

"이렇게 해볼래요? 아까 말한 그 학생, 기타 학과라고 했죠?"

샤론 교수가 고개를 끄덕이자 프라이스 교수가 말했다.

"연주 자체로도 완벽했다는 소문이 있던데 그 학생에게 연주를 시켜보면 어떨까요?"

코릴리아노 교수가 고개를 저었다.

"미술관입니다, 교수님. 연주가가 연주해서 발걸음을 멈추었다고 해서 효과가 있다고 말할 수 없어요."

프라이스 교수가 고개를 끄덕이며 동의했다.

"그렇군요, 제 생각이 짧았습니다. 음…… 그럼 그 학생에게 방법을 생각해 보라고 하면 어떨까요?"

코릴리아노 교수가 눈을 동그랗게 뜨고 물었다.

"예? 학생에게요?"

프라이스 교수가 웃으며 말했다.

"세계적인 기타리스트로 이름 높은 샤론 교수님도 풀지 못한 숙제를 해결한 아이라면서요, 그런 아이라면 한 번쯤 기회를 줘보는 게 좋지 않을까요?"

샤론 교수가 턱을 괴며 말했다.

"확실히, 기회를 줄 만한 자격은 있어요. 자신이 연주하거나 작곡한 것이 아니더라도 음악을 선정하는 수준으로 시도해 볼 만한 가치는 있겠네요. 어떠세요, 코릴리아노 교수님?"

코릴리아노 교수가 어깨를 으쓱하며 둘을 바라보았다.

◈ 5장 ◈

Visual Scandal

"뭐라고요? 학생이라니요?"

마른 체형에 자신의 몸보다 약간 큰 정장을 입고 금테 안경에 가르마를 탄 갈색 머리의 남자가 시원한 뉴욕의 창밖 풍경이 보이는 창문틀에 손을 얹고 놀란 표정으로 물었다.

샤론 교수와 코릴리아노 교수가 그를 방문한 것은 프라이스 교수와의 만남 다음날.

시원시원한 창문이 많은 이 방은 뉴욕 메트로폴리탄 뮤지엄의 중앙에 위치한 관리국의 CEO 실이었다.

샤론 교수가 침착하게 말했다.

"대표님, 그냥 학생이 아닙니다. 저조차 완성하지 못했던 이삭 알베니즈의 악보를 완성한 학생이에요."

다니엘 웨이스가 금테 안경을 올려 쓰며 말했다.

"대표님이라고 부르지 마시라니까요, 교수님. 그냥 다니엘이라고 부르세요. 그나저나, 아무리 천재성을 지녔다고 하여도 아직 학생입니다. 역사적 의미가 깊은 명화들의 음악을 맡길 수 있을까요?"

코릴리아노 교수가 기다렸다는 듯 말했다.

"네, 다니엘 씨. 한번 맡겨봐 주세요. 그 학생이 방법을 찾아내지 못한다면 저희가 다시 맡아 책임지겠습니다."

다니엘 웨이스가 코릴리아노 교수를 빤히 바라보다 말했다.

"도대체 어떤 학생인지 궁금하네요. 두 교수님께서 이렇게 나란히 찾아오셔서 말씀하시는 것을 보니 분명 뭔가 있는 학생이란 생각은 들지만, CEO의 입장에서 말씀드리자면, 저희 직원들의 반발이 걱정됩니다."

다니엘 웨이스가 창틀에서 손을 떼고 두 사람 앞에 서서 말했다.

"지금까지 자존심 강한 우리 큐레이터들이 외부에 이 일을 맡긴다는 것에 대해 참아낸 것은 두 분의 명성 때문입니다. 두 분이 아니었다면 우리 큐레이터들이 자체적인 해결을 하려 했겠죠. 결과가 좋든 나쁘든 외부에 맡기는 일은 없었을 겁니다."

샤론 교수가 고개를 끄덕였다.

"물론 세계적인 뮤지엄인 뉴욕 메트로폴리탄의 큐레이터들이라면 그 정도 자부심과 자존심은 가지고 계셔야지요. 그러한 반발은 당연한 마음이라고 생각합니다."

다니엘 웨이스가 샤론 교수를 보며 허리에 손을 올렸다.

"그런데도 학생을 추천하신다고요? 우리 큐레이터들이 어떤 반응을 할지, 눈에 뻔히 보이시지 않나요?"

이번에는 코릴리아노 교수가 나섰다.

"다니엘 씨, 레온틴 프라이스 교수님께서도 추천하신 학생입니다."

다니엘 웨이스는 코릴리아노의 입에서 레온틴 프라이스 교수의 이름이 나오자 살짝 놀라며 물었다.

"예? 프라이스 교수님께서요?"

샤론 교수가 테이블을 톡톡 두드리며 말했다.

"정확히는 저희보다 프라이스 교수님의 추천이라고 하는 것이 맞겠군요."

다니엘 웨이스는 샤론과 코릴리아노를 번갈아 보다가 다시 창가로 가 팔짱을 끼고 밖을 바라보았다. 잠시간 고민을 하던 다니엘 웨이스가 둘을 돌아보며 말했다.

"알겠습니다. 샤론 이즈빈, 존 코릴리아노, 레온틴 프라이스. 이 세 분이 입을 모아 추천하는 학생이라면, 저희 큐레이터들을 설득해서 기회를 줘보도록 하지요. 단, 세 분의 이름을 좀 팔아서 설득해야겠습니다. 그렇지 않다면 납득시키기 어려울 테니까요."

밝아진 얼굴의 샤론과 코릴리아노를 힐끗 본 다니엘 웨이스가 검지를 올리며 말했다.

"하지만, 오랜 시간을 드리기는 어렵습니다. 저희 역시 시급히 해결해야 하는 문제로 인식하고 있거든요. 일주일, 일주일 안에 해결은 못 하더라도 방향성의 제시는 있어야 합니다. 그 방향성이 옳다는 전제하에 다음 일을 진행하도록 하죠."

다니엘 웨이스가 샤론 교수를 보며 물었다.

"그 학생 이름이 김 건이라고 하셨지요? 샤론 교수님의 학생인가요?"

샤론이 고개를 끄덕이자 다니엘 웨이스가 말을 이었다.

"신입생이라고 말씀하셨었으니, 나이가 어리겠군요. 나이가 많은 남자 큐레이터의 경우 성격이 강한 편이니, 저희 쪽에서도 성격이 유하고 어린 여성 큐레이터를 붙여 드리죠."

코릴리아노 교수가 웃으며 말했다.

"젊은 청춘끼리 모이면 스캔들이 나게 마련인데, 건 학생이 집중하기 어렵겠습니다. 하하."

다니엘 웨이스 교수가 미소를 지으며 말했다.

"그런가요? 그럼 제게 이런 짓궂은 부탁을 하신 두 분께 자그마한 보복의 의미로 가장 아름다운 큐레이터를 붙여서 그 학생의 집중력을 깨놓아야겠군요. 그래야 다시 두 분께서 맡아주실 테니까요."

이틀 후 오전 일곱 시.

오전 10시에 오픈하는 뉴욕 메트로폴리탄 미술관이기에, 아직 한산한 입구의 계단 아래에 붉은 머리를 곱게 빗어 뒤로 말아 올려 묶고 흰 셔츠에 검은 여성용 정장을 입은 키가 큰 여성이 기다리고 있었다.

제대로 차려입어 말끔하긴 했지만, 앳되어 보이는 것을 보니 20대 중반쯤의 나이로 보였다. 여성은 두 손을 가지런히 모으고 주위를 둘러보다 졸린 듯 하품을 했다.

'아함, 졸려. 새벽부터 이게 뭐하는 짓이람. 아무리 줄리어드 스쿨이라고는 해도 아직 학생한테 우리 일을 맡기시다니, 어제 그 말을 들은 루카스 씨가 얼굴이 붉어져 자리를 박차고 나가 버리실 만도 했지.'

여성은 추운 듯 몸을 부르르 떨며 양 주먹을 쥐고 팔을 펴며 뒤뚱거렸다.

'약속한 시간이 됐는데, 왜 안 와. 힝, 추워 죽겠는데.'

발을 동동 구르며 추위와 싸우던 그녀의 눈에 저 멀리 기타를 멘 남자가 뛰어오는 것이 보였다. 그녀는 재빠르게 자신의 몸을 보며 옷매무시를 가다듬다가 다가온 남자를 본 채 그대로 몸이 굳어 버렸다.

다가온 남자는 미안한 기색으로 말했다.

"안녕하세요, 정말 죄송해요. 어젯밤 늦게까지 연습을 하고 곯아떨어져 버렸어요. 아침에 눈을 뜨니 여섯 시 반인 걸 보고 너무 놀랐네요. 초면에 정말 죄송합니다."

건이 정중히 고개를 숙이며 사과했지만, 여성은 몽롱하게 풀린 눈으로 건을 바라보고만 있었다. 건이 뒤통수를 긁으며 말했다.

"저기…… 아비게일 체이서 씨죠? 샤론 교수님께 미리 들었어요. 저는 김 건이라고 합니다."

아비게일은 정신을 차리지 못했다. 단연코 이렇게 생긴 인간은 TV건 영화에서건 본 기억이 없었다. 분명 천사 같은 미소를 하고 있었지만, 아이라인이 짙고 깊은 그의 눈은 뱀파이어 같은 느낌의 섹시한 것이었다. 유난히 하얀 피부에 붉은 입술은 자신도 모르게 손을 뻗어 만지고 싶어지게 하였다.

이러한 상황을 모르는 건은 아비게일이 화가 났다고 생각하고 안절부절못했다.

"저기, 정말 죄송해요. 제가 많이 늦었죠?"

아비게일이 건의 발끝부터 머리끝까지 찬찬히 바라보며 혼자 손을 꼼지락거리며 생각했다.

'흰색 신발은 지방시, 검은 바지와 코튼블루 셔츠는 크리스챤 디올, 검정 코트는 발망이네. 어머나, 코트 소매 밖으로 살짝 나온 시계는 파텍 필립이잖아? 진짜 왕자님 같아, 어떡해!'

건이 아비게일이 혼자만의 세계에 빠져 있자 그녀의 팔을 살짝 건드리며 말했다.

"저기, 아비게일 씨?"

아비게일은 건이 자신의 몸을 건드리자 화들짝 놀라며 얼굴이 빨개진 채 손을 마구 흔들었다.

"아, 아니에요. 딱히 이상한 생각은 안 했어요! 에, 에, 에에에?"

건이 의아한 눈으로 자신을 보자 눈을 질끈 감고 부끄러워하던 아비게일이 곱게 빗은 머리를 만지며 침착하게 말하려 했으나, 여전히 떨리는 음성을 숨길 수 없었다.

"죄, 죄송해요. 제가 잠시 다른 생각을……. 저는 아비게일 체이서라고 해요. 이곳 미술관의 큐레이터입니다."

건이 이제야 인사를 하는 아비게일을 보며 다시 한번 미안한 기색으로 말했다.

"네, 반갑습니다. 추운 날씨에 밖에서 기다리시게 해서 정말 죄송해요."

아비게일이 언제 불만이 있었냐는 듯 손사래를 치며 말했다.

"아, 아니에요, 얼마 안 기다렸어요. 저…… 저기 아, 안으로 들어가실까요?"

건이 미소를 지으며 먼저 계단을 오르자 건의 뒷모습을 보던 아비게일이 자신의 허벅지를 때리며 생각했다.

'이 바보, 첫인상이 이게 뭐야! 4차원 여자라고 생각하면 어떡하지? 힝…….'

건이 문 앞에 도착해서 아비게일을 돌아보니 화들짝 놀래며 눈을 동그랗게 뜬 아비게일이 당황했다. 건은 아비게일을 빤히 보다 말했다.

"저…… 아비게일 씨. 문을…….'

아비게일은 문고리와 건의 얼굴을 번갈아 보다가 놀라하며 말했다.

"아! 죄, 죄송해요. 제가 열어 드릴게요!"

아비게일은 도어락 앞에서 비밀번호 입력을 무려 네 번이나 실패한 끝에 문을 열어주는 데 성공하였다. 건은 그런 아비게일이 귀여워 보였지만, 초면에 귀엽다는 말을 하는 것은 실례라고 생각했기에 미소를 지으며 아비게일을 한 번 쳐다보고는 문 안으로 들어갔다.

아비게일은 너무 부끄러웠다. 나름 최고의 미술관에서 일하는 큐레이터라는 자부심도 있었고, 줄리어드의 음악 천재라고 하지만 아직 학생 신분인 건의 앞에서 큐레이터로서 멋진 모습을 보여주겠다고 생각했었는데, 건의 얼굴을 보는 순간 머리가 백지처럼 변해 버렸기 때문이다.

'말도 안 돼! 저게 사람이야? 왜 배우나 모델 안 하고 음악을 하는 거지?'

아비게일은 건이 문 안으로 사라졌지만 쉽게 따라 들어가지 못하고 머뭇거렸다.

'꿈에서도 본 적 없어, 저런 사람은! 하아, 나 정말 이상형을 만나버린 거야?'

문 안쪽에서 기다리던 건이 고개를 내밀며 문을 사이에 두고 아비게일과 눈을 맞췄다. 아비게일은 갑자기 건의 얼굴이 다가오자 움직이지도 못하고 동그랗게 뜬 눈으로 건의 눈을 바라보았다.

"안 들어오시나요, 아비게일 씨?"

"아, 아! 죄, 죄, 죄송합니다. 지금 들어가요!"

웃으며 문 안으로 사라지는 건을 본 아비게일이 건이 자신을 보고 있지 않음을 확인하고는 자신의 머리를 쥐어박으며 따라 들어갔다.

어두운 안쪽에서 아무것도 보이지 않았던 건은 아비게일이 들어와 불을 켜자 탄성을 질렀다.

"와아! 역시 멋지네요. 지난번에 한 번 와보긴 했지만, 이렇게 사람이 없는 미술관은 더 웅장해 보이네요."

뉴욕 메트로폴리탄 미술관의 넓고 화려한 로비 한가운데에 선 건이 주위를 돌아보며 탄성을 지르자 아비게일이 한 손으로 입을 가리고 생각했다.

'어떡해, 어떡해! 엔티크한 인테리어가 가득한 배경에 서니까, 더 멋있어!'

아비게일은 건이 주위를 둘러보는 동안 필사적으로 정신을 부여잡았다. 다행히 건이 한참 동안 주위를 두리번거리며 구경해 주었기 때문에 정신을 차릴 시간은 충분했다. 거우 정신을 다잡은 아비게일이 최대한 침착한 어투로 말했다.

"건 님. 아, 아니, 아니, 건 씨. 이쪽 복도로 가서 앞쪽 갈색 문을 열면 19세기 명화관이 나와요."

건이 고개를 끄덕이며 웃어준 후 아비게일이 가리키는 방향으로 걸었다. '19세기 명화관 가는 길'이라고 적힌 이정표를 보며 복도로 접어드니, 정면에 갈색 문이 보이는 화려한 벽지의 복도 벽 쪽부터 여러 가지 그림들이 걸려 있었다.

건이 복도를 지나가며 첫 번째 그림을 본 후 눈이 커졌다.

건은 빠르게 주위를 둘러보며 복도에 걸려 있는 네 개의 그림을 번갈아 보며 놀란 표정을 지었다.

건이 그중 한 그림 앞에서 그림에 닿지 않을 정도로만 손을 뻗으며 생각했다.

'그림에도 색이 보인다?'

건이 19세기 명화관의 문을 열고 들어가니, 수많은 색을 뿜어내고 있는 명화들이 수없이 전시되어 있었다.

건이 천천히 걸어가며, 그림 하나하나를 보다가, 마음에 드는 그림 앞에서는 조금 오래 머물렀다. 아비게일은 건이 관심을 가지는 것 같은 그림이 있을 때마다 옆으로 와 그림에 대해 설명해 주었다.

"이 작품의 이름은 'Boating'이에요. '마네(Edouard Manet)'의 작품이죠. 빛에 따른 몸의 굴곡 변화를 잘 표현하기 위해 작품이 가득 차도록 두 사람을 크게 그렸다고 해요. 뒤의 바다 표현이 특이하지요? 마네는 이 작품 설명할 때 일본의 판화에서 영감을 받았다고 합니다."

아비게일은 그림 설명을 시작하자, 언제 어리바리했냐는 듯 똑 부러지게 말했다. 건은 아비게일의 설명을 들으며 여러 그림을 살펴보았다.

여기저기 설명을 들으며 돌아다니던 건이 반 고흐의 자화상 앞에 멈추어서 말했다.

"자화상이네요? 어…… 그런데 제가 아는 자화상은 귀에 붕대를 감은 것인데, 이건 모자를 썼군요?"

아비게일이 고개를 끄덕이며 그림 앞에서 서서 손으로 그림을 가리키며 말했다.

"맞아요, 말씀하신 그림이 가장 유명하지요. 가난했던 고흐는 사람을 그리기 위해 모델을 섭외할 돈이 없었다고 해요. 그래서 좋은 거울을 사서 스스로를 보며 약 20여 점의 자화상을 남겼답니다. 이 작품의 이름은 'Self - Portrait with a Straw Hat'라고 해요."

건이 고개를 끄덕이며 바로 옆에 걸린 그림을 보았다.

"그럼 이건요? 고흐 특유의 풍경화 같은데 정말 처음 보는 작품이네요."

아비게일이 옆으로 한걸음 옮기며 설명했다.

"네, 이 그림은 1889년에 그려진 그림에요. 제목은 'Wheat Field with Cypresses'인데, 생 레미 정신 병원에서 1년간 지내며 그린 그림 중 하나입니다."

건이 놀라며 물었다.

"예? 정신 병원이요? 아, 들어 본 것 같네요. 정신 병원에서도 이 정도 그림을 그리다니, 대단한 사람이긴 하네요. 기묘한 형태의 구름과 황금빛을 발하고 있는 밀밭이 가을 하늘과 잘 어울려요. 거기에 오른쪽에 있는 사이프러스 나무는 꼭 이집트의 오벨리스크 같네요, 하하."

아비게일은 건이 미술에 관심을 보이자, 신이 나서 설명했다. 하지만 건은 아비게일에게 질문을 던지며 복잡한 심경을 감추고 있었다.

'그림이 보여주는 색이 뒤죽박죽이다. 바로 옆의 자화상과 완전히 다른 색이야. 이런 그림 배치로는 보는 사람도 감정이 연결되지 못해 집중력을 잃게 될 거야.'

건은 한참 설명을 듣는 척하다가 아비게일의 말이 멈추는 틈을 타 물었다.

"여기 19세기 명화관에 몇 점의 작품이 전시되어 있나요?"

아비게일이 자랑스럽다는 듯 말했다.

"네 이곳의 정확한 명칭은 '19세기 유럽 회화관'이고 모네, 세잔, 고흐, 고갱, 마네 등의 수많은 명 화가들의 작품이 3,000여 점 전시되어 있어요."

건이 입술을 모으며 휘파람을 불며 놀란 시늉을 하다가, 반대쪽 벽을 보고는 고개를 갸웃한 후 급히 반대쪽으로 다가갔다. 아비게일은 관람의 순서와 다른 건의 움직임에 살짝 당황하다 건을 쫓아 반대편으로 뛰었다.

건이 다가간 곳에 있는 그림은 아래에 'Grarden at Sainte-Adresse / Claude Monet'라고 기재되어 있는 그림이었는데, 팔짱을 끼고 심각한 표정으로 그림을 찬찬히 뜯어보던 건이 아비게일을 돌아보며 물었다.

"아비게일 씨, 이 그림은 뭐죠?"

아비게일이 다시 그림 옆에 자리를 잡고 손을 올리며 설명했다.

"네 모네의 그림이에요. 원근감을 무시한 인상파 화가의 대표적 그림으로 꼽습니다."

건이 팔짱을 낀 채 고개를 저었다.

"아니요, 왜 뉴욕 메트로폴리탄 미술관에 가짜 그림이 걸려 있냐고 물어본 것입니다."

아비게일이 눈을 동그랗게 뜨고 물었다.

"예? 무슨 말씀이시지요? 가짜라니요?"

건이 다시 그림을 보며 생각에 잠겼다.

'이 그림에서만 빛이 나지 않아. 모네 정도 되는 화가가 감정도 담기지 않은 그림을 그릴 리 없어. 분명히 가짜일 거야.'

아비게일은 자존심 상한다는 듯한 손을 허리에 얹고 말했다.

"건 씨, 여기는 뉴욕의 자존심. 메트로폴리탄 뮤지엄이에요. 모든 그림이 진품이 맞다고요."

"위작이 맞습니다."

아비게일과 건은 갑자기 들려오는 중후한 남자의 목소리에 뒤를 돌아보았다. 그들의 뒤에는 어느새 다가와 서 있는 다니엘 웨이스가 서 있었다. 아비게일은 갑자기 CEO가 등장하자 놀라며 말했다.

"어머나, 보스! 여긴 웬일이세요? 아니, 그보다 위작이라니요?"

다니엘 웨이스는 아비게일을 보며 말했다.

"그림의 왼쪽 상단 끝에 손상이 있어서 복원실에 보냈습니다. 그 사이 가짜를 전시해 둔 것이고요. 모르셨습니까? 선임 큐레이터들은 다 알고 있을 텐데요."

아비게일은 당황하며 품에서 수첩을 꺼낸 후 수첩 사이에 끼워둔 A4 용지를 펴 보았다. 금일 전달 사항으로 분명 'Graeden at Sainte-Adresse / Claude Monet' 작품의 복원실 이동이 기재되어 있는걸 본 아비게일이 놀란 눈으로 건을 보았다.

다니엘 웨이스가 건의 옆에 서서 손을 내밀며 말했다.

"당신이 샤론 이즈빈 교수가 보낸 김 건 학생이군요? 반갑습니다, 다니엘 웨이스입니다."

건이 다니엘 웨이스의 손을 잡고는 정중히 목례를 취하며 말했다.

"반갑습니다, 미스터 웨이스. 줄리어드의 김 건입니다."

다니엘 웨이스가 미소를 띠며 말했다.

"그림을 보는 눈이 남다르시군요. 큐레이터들도 눈치채기 어려울 만큼 잘 만들어진 위작인데요."

다니엘 웨이스의 말에 아비게일의 얼굴이 빨개졌다. 건은 슬쩍 아비게일의 눈치를 본 후 말했다.

"그냥 운이 좋았습니다. 지난번에 본 적이 있거든요."

건이 아비게일을 감싸 줄 목적으로 말하고 있음을 눈치챈 다니엘 웨이스가 아비게일을 보며 웃었다.

"그렇군요, 사실 저도 미리 듣지 않았다면 몰랐을 겁니다. 아비게일 씨도 마음 쓰지 마세요."

아비게일이 입을 떼지 못하고 고개를 숙였다. 다니엘 웨이스는 그런 아비게일을 바라보다 다시 건을 보며 물었다.

"그래, 좀 돌아보시니 어떻습니까? 어딜 고쳐야 할지 눈에 들어오셨나요? 아, 음악이 깔리지 않았으니 아직 모르시겠군요. 방송실에 연락해서 평소에 재생하는 음악 리스트대로 음악을 틀도록 하겠습니다."

건이 급히 고개를 저으며 말했다.

"아닙니다, 미스터 웨이스. 실은……."

건이 말끝을 흐리자 잠시 건의 말이 이어지길 기다렸던 다니엘 웨이스가 머뭇거리는 건에게 말했다.

"무슨 일이지요? 괜찮으니 말씀해 보세요. 레온틴 프라이스 교수님과 통화하였습니다. 가급적 미스터 김이 말씀하시는 방법을 시도해 볼 생각이에요."

건이 잠시 고민하다 머뭇거리며 말했다.

"저…… 사실 19세기 유럽 회화관의 문제는 음악이 아닌 것 같습니다."

다니엘 웨이스가 고개를 갸웃했다.

"예? 음악이 아니라니요? 그럼 다른 문제를 발견하셨다는 말씀이신가요?"

건이 여전히 머뭇거리는 목소리로 말했다.

"예, 그것이……."

다니엘 웨이스가 궁금하다는 눈빛으로 재촉했다.

"괜찮습니다. 말씀해 보세요, 미스터 건."

건이 그림들을 둘러보며 말했다.

"건방지다고 생각하실 수 있을 것 같아 말씀드리기 어렵습니다만, 이 코너의 문제는 '음악'이 아니라 '배치'입니다."

다니엘 웨이스가 건이 바라보는 그림들을 함께 둘러 보며 물었다.

"예? 배치요, 그림들의 배치를 말씀하시는 것인가요?"

건이 고개를 끄덕이며 말을 이었다.

"네, 배치입니다. 배치를 바꾸어야 답이 나올 거예요."

다니엘 웨이스가 건을 빤히 바라보며 잠시 고민한 후 말했다.

"19세기 유럽 회화관은 그저 19세기에 그려진 명 화가들의 그림을 모아둔 곳이긴 합니다만, 나름 분류와 배치에 그 의미가 있습니다. 예를 들면 꽃 그림끼리, 빛을 표현하는 그림끼리 모아두었죠. 19세기는 미술학적으로 상당히 중요한 의미를 가집니다. 그림의 발전에 지대한 영향을 끼친 시기였지요."

"여러 큐레이터가 학술적인 자료를 참고한 후 심사숙고하여 결정한 배치입니다, 미스터 김. 배치가 잘못되었다는 말씀은 이곳 메트로폴리탄 뮤지엄 큐레이터들의 자존심에 상처를 주는 발언이에요."

건이 당황하며 손사래를 쳤다.

"아, 그럴 의도는 아니었습니다, 미스터 웨이스. 저는 그저 그림이 표현하는 감정이 있는데, 그 감정이 뒤죽박죽 섞여 있어 보는 사람도 집중이 안 될 것 같아 드린 말씀이에요."

다니엘 웨이스가 눈썹을 꿈틀하며 물었다.

"감정이요? 그림이 표현하는 감정이라니요?"

건이 차분히 하나의 그림을 보며 설명했다.

"이 그림은 단지 발레리나라는 이유로 이곳에 있는 것으로 보입니다. 주위에 있는 그림들도 모두 발레리나를 주제로 하고 있네요."

다니엘 웨이스가 고개를 끄덕이며 말했다.

"그렇습니다. '에드가 드가(Edgar De Gas)'의 '무대 위의 발레리나'라는 작품이고, 유난히 발레리나의 모습들을 많이 그린 에드가 드가였으니까요. 그런데 그것이 어째서 문제이지요?"

건이 조심스러운 어조로 말했다.

"건방진 소리로 받아들이지 않으시길 빌며, 말을 잇겠습니다. 이 무대 위의 발레리나를 보시면 어떤 감정이 느껴지시나요? 무대 위에 춤을 추는 발레리나의 표정이 어떻지요? 아마도 이 그림을 그릴 당시 에드가 드가는 첫 무대에 서게 된 신인 발레리나의 기쁨을 표현하고자 했을 겁니다."

다니엘 웨이스가 가만히 건의하는 말을 듣다가 한참 그림을 뜯어 보며 고개를 끄덕였다. 건은 다니엘 웨이스가 동의하자 옆의 그림으로 이동하여 말했다.

"그런데, 이 그림을 보아주세요. 제목은 '무대 세트 사이의 분홍 옷을 입은 발레리나들'이라고 쓰여 있네요. 이 작품이 말하는 감정은 긴장이에요. 무대에 서기 전 긴장한 모습으로 대기하고 있는 발레리나들의 모습을 표현하고 싶었을 겁니다."

이번에도 역시 다니엘 웨이스가 한참 동안 그림을 본 후 고개를 끄덕였다. 건은 그런 다니엘 웨이스를 지켜보다 세 걸음 뒤로 가 한쪽 벽면 전체의 그림을 보며 말했다.

"왼쪽부터 작가가 전하고 싶은 감정을 말해보면, 첫 번째 그림은 기쁨, 긴장 다음은 슬픔. 그리고 바로 앞에 이 그림은 질투에요. 이렇게 감정선을 고려하지 않은 배치는 집중력을 흐트러뜨립니다."

다니엘 웨이스가 자신도 벽에서 물러나 건의 옆에 서더니 벽면 전체를 뚫어지게 보았다. 아비게일은 청산유수 같이 말하는 건을 보며 놀라 입을 다물지 못하고 있었다.

'뭐야! 나보다 미술에 대한 이해가 높잖아? 나 그럼 지금까지 저런 사람 앞에서 아는 척 한 거야? 아 창피해! 아까 어리바리하게 군 것 만회하려다가 망신만 더 당했네.'

아비게일이 혼자만의 생각에 빠져 있는 동안 진중한 얼굴로 그림들을 보던 다니엘 웨이스가 한참 만에 건을 돌아보며 말했다.

"배치, 직접 바꾸어 보시겠습니까?"

건이 놀라며 말했다.

"예? 미스터 웨이스, 전문가분들이 포진해 계시는데, 어찌 감히 제가……."

다니엘 웨이스가 건에게 조금 더 다가가 말했다.

"저는 다니엘 웨이스. 이곳 뉴욕 메트로폴리탄 뮤지엄을 이끌고 있는 사람입니다. 제가 이 자리에 있는 이유는 단 한 가지. 바로 제게 '사람을 보는 눈'이 있기 때문이지요."

다니엘 웨이스가 건에게 손을 내밀며 말했다.

"제 머릿속에서 이 일을 반드시 당신이 맡아야 한다는 말이 메아리 치네요. 부탁합니다, 미스터 김."

건이 당황한 표정을 짓다가 이내 다니엘 웨이스의 손을 잡았다.

뉴욕 메트로폴리탄 뮤지엄의 큐레이터실.

책상에 앉아 초점 잃은 눈빛으로 멍하게 한 곳을 바라보는 아비게일 앞에 하얀 손이 보였다.

갑자기 눈앞에 손이 나타나자 화들짝 놀란 얼굴로 손의 주인을 바라본 아비게일이 벌떡 일어났다.

"아, 루카스 선임님! 나오셨어요?"

약 190 정도의 키에 매우 뚱뚱한 체구를 가진 백인 중년 남성이 못마땅한 표정으로 팔짱을 끼고 말했다.

"정신 차려요, 아비게일. 요새 우리 큐레이터들이 정신을 차리고 있지 않으니 내부의 일을 다른 곳에 맡기는 거 아닙니까? 더군다나 아비게일 씨는 줄리어드에서 온 그 건방진 학생을 케어하는 역할인데, 그리 정신을 놓고 있으니 우리가 더 우습게 보이는 거 아니겠어요."

아비게일은 저 뚱뚱한 사람이 팔짱을 낄 수 있다는 것이 신기하다는 생각을 잠시 했지만, 이내 고개를 세차게 저으며 말했다.

"네, 죄, 죄송합니다!"

루카스는 눈살을 찌푸린 채 사과를 하는 아비게일을 위아래로 보고는 자기 자리로 뒤뚱뒤뚱 사라졌다.

그때 서 있던 채로 고개를 숙인 아비게일의 옆자리에 있던 케이트가 말을 걸었다.

"아비게일, 무슨 일 있어?"

아비게일은 케이트를 보며 한숨을 쉰 뒤 자리에 앉으며 말했다.

"아니에요, 케이트. 잠시 다른 생각을 좀 했어요."

케이트는 곱게 말아 올린 흑발 머리를 거울에 비춰 보며 말했다.

"무슨 생각을 하길래 며칠 동안 그렇게 넋이 나가 있어?"

아비게일이 다시 한번 한숨을 쉬자 케이트가 아비게일을 보며 다시 물었다.

"응? 진짜 무슨 일 있는 거야? 왜, 왜 그러는데?"

아비게일이 책상 위에 엎드리며 케이트를 보았다.

"케이트, 있잖아요."

케이트가 비밀 이야기라도 하는 양 함께 고개를 숙이며 아비게일 쪽에 바짝 다가앉았다.

"응, 응, 말해봐. 나 궁금해서 현기증 난단 말이야."

아비게일이 한 손을 책상 위로 올려 손가락으로 책상을 톡톡 두들기며 말했다.

"그 왜…… 줄리어드에서 온 학생 있잖아요?"

케이트가 고개를 끄덕이며 말했다.

"응, 소문이 자자하지. 보스가 19세기 유럽 회화관의 전권을 줬다며? 겨우 학생한테."

아비게일이 양손을 책상 위에 올리고 팔짱을 낀 후 턱을 괴며 말했다.

"맞아요."

케이트가 궁금하다는 눈빛으로 물었다.

"그런데 그 학생이 왜? 골치 아프게 해? 이상한 짓 시켜?"

아비게일이 얼굴을 팔에 묻으며 말했다.

"차라리 진상이었으면, 밉기라도 하죠."

케이트가 고개를 갸웃하며 물었다.

"응, 아니야? 그럼 왜?"

아비게일이 얼굴이 빨개져서 고개를 들었다.

"지…… 진짜 잘생겼어요. 저 태어나서 그렇게 생긴 사람은 처음 봤어요."

케이트가 놀라며 물었다.

"뭐, 학생이라며? 소문에는 아직 스무 살도 안 되었다던데? 그런 비린내 나는 꼬마한테 들이댔다가 유치장 간다? 아니, 근데 얼마나 잘생겼길래 그래? 완전 궁금해!"

아비게일이 다시 팔에 고개를 묻으며 말했다.

"뭐랄까……. 동화 속에 왕자님 같진 않은데, 뭔가 섹시하고 치명적이랄까요? 뱀파이어 왕자님 같이 생겼어요. 그런데 그 사람 앞에만 서면 저도 모르게 당황하게 되고, 자꾸 실수만 하게 되어서 아마 절 이상한 여자로 보고 있을 거예요, 흐앙."

케이트가 재미있다는 듯 깔깔대며 웃었다.

"호호, 그래? 아비게일이 그런 면이 있었네? 맨날 일본 애니메이션만 보길래 현실의 인간은 아비게일 눈에 안 차는 건가 하고 생각했었는데."

아비게일이 고개를 번쩍 들며 케이트를 보았다.

"그래요, 보통 인간은 애니메이션에 나오는 주인공들의 발톱의 때만큼도 못하죠. 그런데 그 사람은 달라요. 누군가 애니메이션으로 그 사람을 그렸다면, 전 일본에까지 가서라도 꼭 DVD를 샀을지도 몰라요."

케이트가 눈을 동그랗게 뜨며 말했다.

"뭐? 그 정도야? 도대체 어떻게 생겼길래 그래? 나도 궁금하다. 나도 보여줘! 너한테 관심은 없어 보여? 뭐 특별한 행동이라던가, 널 보면 자주 웃어준다든가, 눈을 자주 마주친다든가, 이런 거 없었어?"

아비게일이 한숨을 푹 쉬더니 다시 고개를 팔에 묻었다.

"그런 거 없어요……. 맨날 오전 일곱 시에 아무도 없는 전시회장을 돌면서 작품 관리 대장을 들고 그림을 보며 뭔가 체크만 하고 있고, 저한테는 가끔 질문만 해요."

케이트가 웃으며 검지를 들었다.

"호호, 그래? 그럼 나한테도 기회가 있는 거네? 내가 도전해봐도 돼?"

아비게일이 그런 케이트를 보더니 얼굴을 붉히며 자리에서 벌떡 일어났다.

"내 꺼에욧! 아, 아, 어어, 아. 그, 그게 아니라."

케이트는 입을 가리며 웃었다.

"호호, 하여간 아비게일 놀리는 게 세상에서 제일 재미있어. 그럼 그 학생 오늘도 왔다 간 거야?"

아비게일은 얼굴을 빨갛게 물들이고 주위 눈치를 본 후 자리에 앉아 작게 말했다.

"네, 오늘 오후 5시 30분에 다시 오겠다고 해요. 일요일은 그때 운영 시간이 끝나니까요. 오늘 작업할 인원들도 요청했어요."

케이트가 궁금한 눈으로 물었다.

"작업, 무슨 작업? 걔 음악 하는 애 아니야? 작업할 인원이 왜 필요한데?"

아비게일이 고개를 절레절레 흔들며 말했다.

"전시된 그림의 배치를 바꾸겠다고 하더라고요."

케이트가 살짝 놀란 목소리로 말했다.

"뭐? 배치를? 루카스 선임님이 허락하신 일이야?"

아비게일이 멀리 떨어진 자리에서 도너츠를 먹고 있는 루카스를 힐끗 본 후 말했다.

"아니요, 보스인 미스터 웨이스가 허락하셨어요."

케이트가 눈을 동그랗게 뜨고 말했다.

"보스가? 그 학생이 뭔데 보스가 직접 허락을 해?"

아비게일이 고개를 흔들며 말했다.

"손상이 있는 그림 대신 걸어둔 위작을 단번에 맞추더라고요. 그걸 본 보스가 배치도 변경하게 허락하셨어요, 음악뿐 아니라 배치부터 인테리어 변경까지 전부."

케이트가 놀라며 말했다.

"전부? 그래서 전권을 줬다고 소문이 난 거구나. 궁금하네, 정말. 어떤 사람인지."

케이트가 자신의 손목에 찬 시계를 보며 말했다.

"한 시간 뒤면 올 테니까, 같이 보실래요? 대신 그림 옮기는 작업은 도와주셔야 해요."

케이트가 잠시 고민한 후 말했다.

"잠깐 기다려봐. 오늘 릴리아랑 클럽 가기로 했는데, 취소하고."

아비게일이 고개를 끄덕이며 전화를 하러 나간 케이트를 보다가, 책상에 꽂아둔 관리 대장을 꺼내 들고는 한 장씩 넘겨보았다. 관리 대장에는 그림의 이름, 작가의 이름과 알파벳과 숫자로 나열된 관리 번호들이 정리되어 있었다. 리스트 옆에는 색연필의 여러 가지 색으로 체크 표기가 되어 있었다.

아비게일은 관리대장에 체크된 부분들을 보며 생각했다.

'도대체 이 표시들은 다 뭐야? 무슨 의미인 줄 알아야 어떻게 도울지 미리 생각을 해보고 가지. 오늘은 절대 어리바리한 모습을 보일 수 없어!'

한 손에 주먹을 꼭 쥐고 다짐을 하는 아비게일이었다.

한참 동안 손톱을 깨물며 심각한 표정으로 관리대장을 살펴보던 아비게일의 등을 세차게 때린 케이트가 웃으며 말했다.

"또, 또 정신 놓고 있네. 아비게일, 약속 시간 십 분 전이야."

아비게일이 깜짝 놀라며 손목의 시계를 확인하고는 부산하게 준비를 한 후 케이트와 함께 사무실을 나섰다.

5시 20분이 되자, 미술관의 스피커에서 운영 시간 종료에 대한 반복적인 안내가 흘러나왔다. 관람객들이 썰물처럼 빠져나가고, 아직 나가지 못한 관람객들이 보안 요원의 안내에 따라 그룹을 지어 나가고 있는 모습이 보였다. 아비게일과 케이트는 로비에 서서 퇴장하는 관객들을 향해 정중히 인사를 하며 시간을 보냈다.

잠시 후 방사능 유출 지역에 투입될 듯한 옷을 입은 약 스무 명가량의 남자가 내부의 문을 열고 우르르 들어왔다.

상하의 일체형의 옷을 입은 그들은 상의에 달린 모자까지 덮어쓰고 마스크에 장갑까지 착용하고 있었다. 그들 중 한 명이 아비게일과 케이트에게로 다가와 마스크를 내리며 말했다.

"아비게일 씨, 케이트 씨. 연락받고 왔습니다. 시설 관리팀의 크리스챤 입니다."

아비게일이 살짝 인사를 하며 말했다.

"네, 루카스 선임님께 들었습니다. 오늘 도와주시기로 하셨죠? 감사합니다."

크리스챤이 다시 마스크를 올리며 눈웃음을 지었다.

"아닙니다. 오늘 작업 지시하실 분이 외부에서 오신다고 하던데, 아직 안 오셨나요?"

아비게일이 고개를 끄덕였다.

"네, 아직 안 오셨어요. 금방 오실 테니 잠깐만 대기해 주세요."

크리스챤이 고개를 끄덕인 후 자신의 무리로 돌아가자 케이트가 주머니에서 립스틱을 꺼내며 말했다.

"도대체 얼마나 잘생겼길래 우리 아비게일이 이렇게 혼이 나갔을까? 나도 일단 예쁘게 보여야지."

손거울을 꺼내 립스틱을 고쳐 바르는 케이트에게 아비게일이 소리쳤다.

"아, 케이트! 립스틱 내놔요. 예쁘게 보여서 뭐하려고요?"

깔깔거리며 립스틱을 든 손을 아비게일에게서 멀리 뻗는 케이트와 립스틱을 뺏으려 실랑이를 하는 아비게일이 잠시 투덕거리고 있는 와중 로비 정문이 열리고 건의 얼굴이 나왔다. 건이 잠시 주위를 두리번거리다 아비게일을 보고는 문을 열고 로비로 들어왔다.

건은 잠시 투덕거리는 둘을 바라보다 말을 꺼냈다.

"저…… 아비게일 씨. 저 왔어요."

아비게일은 막 손에 넣은 립스틱을 든 채 굳었다.

케이트는 아비게일과 실랑이를 벌이던 자세 그대로 굳었다.

조용해진 로비에는 아비게일의 손에서 떨어진 립스틱이 또르르 소리를 내며 굴러가는 소리만 작게 울렸다.

건은 잠시 적막이 흐르자 뒤통수를 긁으며 둘을 번갈아 보았다. 먼저 정신을 차린 케이트가 아비게일의 등을 툭 치자 그제야 정신을 차린 아비게일이 황급히 말했다.

"윽! 아, 아! 네, 건 씨. 오셨군요. 이, 이쪽으로 오세요."

케이트가 건을 안내하려 하는 아비게일의 어깨를 급히 잡으며 말했다.

"아비게일! 난 소개 안 시켜 줘?"

아비게일이 케이트를 돌아본 후 건과 케이트를 번갈아 보다 쭈뼛쭈뼛 말했다.

"아…… 건 씨, 이쪽은 저와 함께 큐레이터 일을 보고 있는 케이트 페리 씨예요."

건이 케이트를 보며 살짝 고개를 숙였다.

"안녕하세요? 저는 이번에 한시적으로 이쪽 일을 보고 있는 줄리어드의 김 건입니다."

케이트가 잔뜩 코맹맹이 소리를 내며 말했다.

"네에, 듣던 대로 무지막지한 미남이시네요. 영광이에요."

아비게일은 건이 보이지 않게 케이트의 등 뒤로 손을 넣어 옆구리를 꼬집으며 건에게 말했다.

"건 씨, 우리 작업해야죠! 오늘 내로 다 끝내야 한다면서요, 빨리 가요. 그런데 어떻게 바꿔야 해요? 저쪽에 작업을 도와주실 분들이 와 계시니까 잠깐 설명해 주시겠어요?"

건이 고개를 돌려 모여 있던 시설 관리부 직원들을 보며 말했다.

"전시된 그림들 전부 떼어주세요."

아비게일이 등 뒤로 케이트와 소리 없는 전쟁을 하다 놀란 눈으로 물었다.

"네? 전부요?"

건이 흩어져 있다가 건을 보고 하나둘씩 모이는 직원들을 보며 웃었다.

"네, 전부요. 하나부터 열까지 몽땅 다시 하죠."

쾅!

"보스 이게 말이나 됩니까!"

아침부터 다니엘 웨이스의 집무실에 찾아온 루카스가 책상 위에 서류를 내려치며 격분했다.

"배치를 전부 바꾼다고 하길래, 시도를 해보는 것도 나쁘지 않을 거라고 생각했습니다. 그런데 이 리스트를 좀 보세요!"

다니엘 웨이스가 루카스가 내민 서류를 받아 들고는 의자에 등을 기대고 읽기 시작했다. 루카스는 그런 다니엘 웨이스를 보며 열변을 토했다.

"모네와 고흐는 화풍이 완전히 다릅니다. 사용하는 색감과 빛의 굴절도 모두 전혀 달라요. 그런데 두 그림을 나란히 두다니요! 그것뿐 아닙니다. 다른 그림들도 마찬가지예요, 고흐의 자화상 옆에 제비꽃 그림을 두는 게 제정신입니까?"

다니엘 웨이스는 루카스를 힐끗 본 후 말없이 서류를 넘겨보고 있었다. 루카스는 답답한지 자신의 가슴을 치며 소리쳤다.

"배치는 그렇다고 치자고요. 예, 수용할 수 있습니다. 시도해 보고 반응이 안 좋으면 다시 바꾸면 되니까요. 그런데 다음 페이지에 음악 재생 목록을 좀 보세요!"

다니엘 웨이스가 루카스의 말에 서류를 넘겨 보더니 눈썹을 꿈틀했다.

"James Ingram, Just once? 팝 음악이란 말입니까?"

루카스가 뚱뚱한 몸으로 팔짝팔짝 뛰며 말했다.

"그렇습니다. 배치야 다시 하면 되지만 명예로운 우리 미술관에서 팝 음악을 틀다니요? 그것도 흑인 가수인 제임스 잉그램이라니요! 이건 저희 뮤지엄의 명예 문제입니다. 한번 손상된 명예는 되돌리기 어려워요!"

다니엘 웨이스가 책상에 서류를 놓아두고는 창틀로 다가가 팔짱을 끼고 창밖을 바라보며 생각에 잠겼다. 잠시 생각을 하던 다니엘 웨이스가 루카스에게 말했다.

"팝 음악을 선택한 이유는요?"

루카스가 답답하다는 듯 주먹을 쥐고 말했다.

"아니, 지금 이유가 중요합니까? 저희 명예가 땅을 치게 생겼다고요! 이유 따위는 중요하지 않아요, 듣고 싶지도 않고요!"

다니엘 웨이스가 턱을 만지며 말했다.

"이유 없이 행동할 학생으로 보이지 않았습니다. 아비게일 체이서 씨를 불러주세요. 그녀에게 물어봐야겠습니다."

루카스가 책상 위 서류를 도로 집어 들고 방을 나서며 말했다.

"이것, 반드시 막아주셔야 합니다!"

뒤뚱뒤뚱 방을 나서 쿵 소리가 나게 문을 닫고 나가는 루카스를 본 다니엘 웨이스가 한숨을 쉬며 고개를 저었다. 잠시 후 조심스럽게 노크 소리가 들려왔다. 창문 밖을 보던 다니엘 웨이스가 말했다.

"들어오세요."

소리가 나지 않을 정도로 조심스럽게 문을 연 아비게일이 책상 앞에 서자 다니엘 웨이스가 말했다.

"작업 하시느라 수고 많았어요. 질문할 것이 있어서 불렀습니다."

아비게일이 두 손을 모으고 무슨 질문이냐는 듯 눈짓하자 다니엘 웨이스가 물었다.

"우리 뮤지엄은 전통적으로 클래식 뮤지션들의 음악을 선정해 재생해 왔습니다. 그런데 이번에 선정된 음악 중 한 곡이 팝이더군요. 아비게일씨는 어떤 의도인지 혹시 들으셨나요?"

아비게일이 죄를 지은 사람처럼 고개를 숙이며 말했다.

"그…… 그게 저도 말려보려고 했지만, 그저 웃기만 하더라요."

다니엘 웨이스가 다시 물었다.

"뭔가 특별한 말을 하지는 않았습니까?"

아비게일이 두 손을 꼼지락거리며 말했다.

"그, 그게. 가, 감정에 따른 배치, 음악으로 인한 감정의 극대화라는 단어를 말했던 것 같아요. 또… , 연주곡보다 가사로 전달되는 감정의 충격이 더 크다고 중얼거리는 소도 들었고요."

다니엘 웨이스가 진중한 눈으로 손가락으로 입술을 가리며, 생각에 잠겼다. 아비게일은 심각한 얼굴의 다니엘 웨이스를 보고는 안절부절못했다.

다니엘 웨이스는 한참 생각에 잠겼다가, 문득 벽에 걸린 시계를 보았다. 오픈 시간인 10시를 약 30여 분 지난 시간이었다. 다니엘 웨이스는 자리에서 일어나 아비게일에게 말했다.

"전시관으로 가보죠, 관람객들 반응도 볼 겸. 큐레이터들은 어디에 있나요?"

아비게일이 일어나 나가려는 다니엘 웨이스의 동선에 방해가 되지 않으려는 듯 물러나며 말했다.

"네, 다들 오늘 아침에 음악 리스트를 보더니 구경하러 전시 회장에 나가 있어요."

다니엘 웨이스가 고개를 끄덕이며 방을 나섰다.

"좋습니다, 우리도 가보죠."

긴 직원 전용 복도를 지나 19세기 유럽 회화관의 직원 출입구로 간 다니엘 웨이스와 아비게일은 걸음을 멈춰야만 했다.

직원 전용 복도에서 전시회장으로 가는 문 앞에 많은 큐레이터가 서서 밖을 보고 있었기 때문이다.

직원들은 눈을 동그랗게 뜨고 관람객들을 보았다가 다시 서로를 바라보며 놀라고 있었다.

다니엘 웨이스가 뒤에 나타난 것을 깨달은 큐레이터들이 황급히 비켜서자, 다니엘 웨이스가 나서며 물었다.

"무슨 일이죠?"

큐레이터들이 어려워하며 말을 하지 못하자, 붉은 원피스를 입고 화장을 짙게 한 케이트가 말했다.

"오늘부터 전시회 배치가 바뀐다고 해서 와 봤는데…… 관람객 반응이 좀 이상해서요……."

다니엘 웨이스는 지나치게 짙은 화장을 한 케이트를 힐끗 보고 물었다.

"뭐가 이상하죠?"

케이트는 설명하기 어렵다는 듯 난감한 표정을 짓더니 두 손을 들어 전시회장을 가리켰다.

"직접 보시는 게 좋겠어요."

다니엘 웨이스는 케이트를 빤히 보다가 문밖으로 나섰다. 직원 전용 출입구는 19세기 유럽 회화관으로 가는 초입에 있었다. 처음 전시관에 들어서자 그의 눈에 푯말이 보였다.

'Pleasure(기쁨)'

다니엘 웨이스는 익숙하지 않은 푯말에 고개를 갸우뚱하며 전시회장으로 들어갔다. 전시회장 내부에는 많은 가족 관람객들이 있었는데, 평소에는 그림에 관심을 두지 않고 뛰어다니며 놀던 아이들이 모두 그림 앞에 모여 방긋방긋 웃으며 저마다 그림을 가리키며 부모와 이야기를 하고 있었다. 아이와 대화를 하는 부모들 역시 모두 밝은 표정이었다.

다니엘 웨이스는 그런 관람객들을 지켜보다 신경에 거슬리지 않을 정도의 크기로 재생되는 음악에 귀를 기울였다.

'베토벤의 교향곡 합창이군. 좋은 선곡이야. 만약 그의 말대로 이곳에 걸린 모든 작품의 감정선이 기쁨에 맞추어져 있다면 이보다 더 좋은 선곡은 없겠지.'

고개를 끄덕인 다니엘 웨이스가 다음 전시회장 문을 지났다. 이곳에는 첫 번째 전시회장 보다는 적은 인원이 관람하고 있었고, 그마저도 머리가 하얗게 센 노신사나, 스카프를 곱게 둘러맨 중년 아주머니 관람객들로 이루어져 있었다.

"응? 여긴 뭐지?"

다니엘 웨이스가 고개를 들어 천장에 걸린 푯말을 보았다.

'그리움'

다니엘 웨이스가 고개를 돌려 관람객들의 표정을 살펴보았다. 그림 앞에 선 노년의 할머니가 아련한 눈빛으로 그림을 보다가 백에서 손수건을 꺼내 눈물을 닦았다.

그림을 보며 감동한 관람객이 눈물을 짓는 것은 일반적으로 많이 볼 수 있는 광경이었기에 그리 놀랄 일은 아니었으나, 문제는 그들이 하나의 그림 앞에 서 있는 시간이 엄청나게 길다는 것이었다.

다니엘 웨이스는 잠시 그 자리에 서서 할머니가 그 그림에서 다음 그림으로 이동하는 시간을 재 보았다.

'10분? 그림 한 점을 보는데 10분이라고?'

다니엘 웨이스가 주위를 둘러보자 처음 전시회장에 들어선 지 10분이 지나서도 모두 같은 그림 앞에 서 있는 관객들이 보였다.

다니엘 웨이스는 관객들을 둘러보다 역시 작게 흘러나오는 음악에 귀를 기울였다.

'슈베르트구나. 곡명이 '그리움을 이해하는 자만이 나의 고통을 이해할 수 있네'였지, 아마?'

다니엘 웨이스가 관람객들을 스쳐 지나갔다. 다음 전시회장에는 '사랑'이라는 푯말이 걸려 있었고, 구름 같은 연인들이 쌍쌍이 행복한 미소를 지으며 전시회를 관람하고 있었다.

다니엘 웨이스는 여러 푯말이 걸린 전시회장을 둘러보며 고개를 끄덕였다.

"믿어보길 잘했군. 제대로 적중했어."

다니엘 웨이스가 마지막 전시회장에 들어서서 안의 정경을 보고는 깜짝 놀랐다.

"아니, 이건 무슨 일이지?"

전시회장 내부에는 지금까지보다 약간 큰 소리로 음악이 재생되고 있었고, 음악은 문제의 제임스 잉그램이 부른 Just once였다.

거기까지는 문제가 될 것이 없었지만, 관람객 중 다수가 눈물을 흘리고 있거나, 눈물을 참고 있었다.

개중에는 손수건으로 얼굴을 가리고 전시회장을 뛰어나가는 여성도 보였다. 다니엘 웨이스가 놀란 눈으로 주변을 둘러보고 있는데, 한쪽 구석에 누군가 전시회장 바닥에 쪼그리고 앉아 있는 것이 보였다.

의아하게 생각한 다니엘 웨이스가 그에게 다가가 보니 그는 바로 건이었다. 등을 벽에 기댄 채 관람객들에게 방해가 되지 않게 쪼그리고 앉은 건이 관람객들의 반응을 관찰하고 있었다.

다니엘 웨이스는 그런 건을 조금 떨어진 곳에서 지켜보며 생각했다.

'레온틴 프라이스 교수님의 말씀이 맞았구나, 천재다.'

다니엘 웨이스가 다가갔다. 바닥에 앉아 사람들을 관찰하던 건은 다니엘 웨이스가 나타나자 놀라며 황급히 자리에서 일어났다.

"다니엘 웨이스 씨, 안녕하세요?"

일어나며 인사를 하는 건을 보며 만면에 웃음을 띤 다니엘 웨이스가 건의 손을 잡으며 말했다.

"하하, 정말 놀랍군요, 미스터 건. 이건 전시회의 그림당 체류 시간 데이터를 보지 않아도 이미 성공하신 것을 알겠습니다. 하하!"

건이 자신의 손을 잡고 흔드는 다니엘 웨이스를 보며 볼을 붉었다.

"아, 네. 마음에 드신다니 다행이네요. 전 음악 때문에 혼날 줄 알았는데요."

다니엘 웨이스가 웃음을 지으며 말했다.

"멋진 선곡이었습니다. 그런데 미스터 김. 마지막 전시회장인 이곳에 '이별'이라는 제목을 붙인 작품들을 몰아넣으신 것, 그리고 팝 음악을 재생 음악으로 선택하신 것에는 따로 이유가 있습니까?"

건이 다니엘 웨이스를 보며 싱긋 웃었다.

"미스터 웨이스, 당신 역시 클래식 뮤직만이 격조 높은 품격의 음악이라고 생각하시나요?"

다니엘 웨이스가 아니라는 듯 손사래를 치자 건이 말했다.

"네, 맞습니다. 음악은 듣는 이의 감정을 고려해 그에 맞추어 들어야 효과가 배가되는 것이지요. 이별이라는 감정은 인간이 느낄 수 있는 슬픔 중 매우 큰 슬픔에 속합니다. 그 감정을 극대화하기 위해 연주곡보다는 직관적 가사가 들어 있는 음악을 선택한 것이죠."

건이 웃으며 검지를 들었다.

"제게 듣는 이의 감정을 고려하지 않고 품격만 있는 음악은 쓰레기라고 가르쳐준 분이 계시거든요."

다니엘 웨이스가 크게 고개를 끄덕이며 동조했다.

"멋진 가르침이군요. 미스터 김. 그 선생님이 누구시죠? 프라이스 교수님인가요?"

말없이 빙긋 웃는 건이 바라보는 그림들 위로 꿈에서 만난 존 레논의 얼굴이 겹쳐졌다. 꿈에서 만난 그의 말이 들리는 듯했다.

듣는 이를 고려하지 않는 음악은 소수의 비평가의 잔칫상일 뿐이야. 음악은 원시시대의 타악기부터 그 기원을 두지. 사냥을 끝내고 즐겁게 춤을 추기 위한 것이거나, 죽은 이를 추모하고 슬퍼하기 위해 존재하는 것이었어. 듣는 이의 감정을 고려하지 않고 만드는 음악은 쓰레기야.

잠시 생각에 잠겼던 건이 다니엘 웨이스의 손을 잡은 채 함박웃음을 지었다.

뉴욕 메트로폴리탄의 숙제를 해결하고 난 건이 첫 번째 전공 교수 레슨 시간을 앞두고 샤론 이즈민의 교수실 앞을 찾아 왔다.

어젯밤 연습실이 아닌 교수실로 오라는 샤론 이즈민 교수의 문자를 받은 건은 긴장된 표정으로 교수실의 문을 두드렸다.

똑, 똑!

"계십니까?"

"네, 들어 와요."

문을 열고 들어간 샤론 이즈민 교수의 교수실은 딱딱한 분위기의 다른 교수실과는 달랐다. 따뜻한 오렌지빛 조명과 엔티크한 가구들이 조화를 이루어 전체적으로 포근한 느낌을 주었다.

샤론 이즈민 교수는 자신의 책상에 앉아 있다, 들어오는 건을 보고 반색하며 자리에서 일어난 후 소파로 건을 안내하였다.

건이 자리에 앉자 만면에 웃음을 띤 샤론 이즈민 교수가 말했다.

"미술관 쪽 일에 대해서는 들었어요. 다니엘 웨이스 씨의 입이 귀에 걸리셨더군요."

건이 부끄러운 듯 고개를 살짝 숙이고 말했다.

"운이 좋았던 것 같아요, 샤론 교수님."

샤론 이즈민 교수가 손가락을 까딱까딱하며 말했다.

"운으로 성공할 일이었다면, 저와 코릴리아노 교수님이 실패했을 리 없지요. 그런 말은 겸손이 아니에요. 동양의 문화상 이러한 일이 있을 경우 의례적으로 그러한 말을 한다는 것은 알고 있습니다. 동양인 학생이 처음은 아니니까요. 하지만 앞으로 음악인으로서 살아갈 당신은 이러한 말을 해서는 안 됩니다, 아셨죠?"

건이 조금 긴장한 표정으로 말했다.

"아, 네 교수님. 잘 알겠습니다. 그런데 몸에 배어 버려서……."

샤론 이즈민 교수가 웃으며 말했다.

"적당한 겸양은 미덕이겠지요. 하지만 그 미덕의 결과가 남을 무시하는 것이 되어서는 안 되겠죠. 단지 운으로 성공했다는 것은 저와 코릴리아노 교수가 운만으로 성공할 일도 실패했다는 뜻이 되니까요."

건이 살짝 목인사를 하며 샤론 이즈민 교수의 눈치를 보자, 그녀가 웃으며 말을 이었다.

"야단치는 것은 아니니, 그리 눈치 볼 건 없어요. 앞으로 자신의 실력에 맞는 자부심을 품길 바란 것뿐이니까요. 어쨌든 이번 일은 감사하게 생각해요. 코릴리아노 교수님도 감사의 인사를 전해 달라고 하시더군요."

건이 아니라는 듯 손사래를 쳤다.

"아, 아닙니다, 교수님. 저 같은 신입생에게 그런 기회를 주신 것이 더 감사했어요. 좋은 경험이었습니다."

샤론 이즈민이 웃음을 띤 채 자리에서 일어나며 말했다.

"커피 한잔 드릴까요? 아니면 홍차?"

건이 함께 일어날듯한 어정쩡한 포즈로 말했다.

"아, 예. 저는 아무것이나 괜찮습니다."

샤론 이즈민이 건을 내려다보며 말했다.

"앞으로 이곳에서 오래 지낼 텐데, 자신의 생각은 뚜렷하게 말하는 연습이 필요하겠어요. 대부분의 동양 학생들의 특징이죠. 다시 물어볼게요. 커피, 홍차?"

건이 뒤통수를 긁으며 말했다.

"아, 예 교수님, 저는 홍차로 하겠습니다."

샤론 이즈민 교수가 눈웃음을 지으며 바로 옆의 티 테이블에서 홍차를 꺼내 물을 부으며 말했다.

"어쨌든 이번 일은 정말 놀라웠어요. 프라이스 교수님도 학생에 대해서 무척 궁금해하시더군요."

건이 그런 샤론 이즈민을 보며 눈을 동그랗게 뜨고 물었다.

"예? 프라이스 교수님께서요? 아, 정말 영광이네요."

샤론 이즈민 교수가 홍차가 담긴 잔을 건의 앞에 내려놓고 자신이 마실 커피와 또 다른 잔 하나를 옆에 놓았다.

건이 빈자리에 놓인 잔을 멀뚱히 보다가 샤론 이즈민 교수를 바라보니, 그녀가 싱긋 웃으며 말했다.

"프라이스 교수님은 나중에 만나 뵙고, 오늘은 소개해 드릴 사람이 있어서 불렀어요. 곧 오실 겁니다."

건이 고개를 끄덕이며 말했다.

"아, 그렇군요. 우리 학교의 다른 학과 교수님이신가요?"

샤론 이즈민이 손목시계를 보며 말했다.

"아닙니다, 현재 프로 음악가로 활동하시는 분이세요. 데뷔 48주년을 기념해서 베스트 앨범을 내려고 하시는데, 리마스터 보다는 다시 연주해서 앨범을 내신다고 하네요."

건이 놀라며 물었다.

"예? 데뷔 48주년이요? 엄청 유명한 뮤지션인가 봐요?"

샤론 이즈민이 웃으며 말했다.

"왜요? 사인이라도 받고 싶나요?"

건이 계면쩍은 듯 웃으며 말했다.

"물론이죠, 사인도 받고 사진도 찍어둬야 추억이 되니까요."

샤론 이즈민 교수가 들고 있던 커피잔을 테이블에 내려놓으며 말했다.

"사인이든 사진이든 찍을 수 있도록 부탁해 볼게요. 아마 전혀 문제없을 거예요. 오늘의 만남에서 부탁을 하는 쪽은 내가 아니라 그쪽이니까."

건이 의아한 눈으로 물었다.

"예? 부탁이요? 연주 부탁을 받으신 건가요?"

샤론 이즈민 교수가 고개를 끄덕이며 말했다.

"네, 48주년 베스트 앨범에서 클래식 기타 연주를 부탁받았어요."

건이 고개를 끄덕이며 말했다.

"샤론 교수님의 실력이라면 충분히 부탁받을 만하세요. 부럽네요, 하하."

샤론 이즈민 교수가 눈웃음을 치며 말했다.

"누군지 알고 부럽다고 하나요? 호호"

건이 살짝 당황한 듯 말했다.

"아, 아. 그렇네요, 하하. 누구신가요? 스페인 뮤지션인가요? 아니면 미국?"

샤론 이즈민이 살짝 고갯짓을 하며 문 쪽을 바라보았다.

"저기 오셨네요."

샤론의 눈짓에 고개를 돌려 문을 바라본 건이 누군가 열린 문 앞에 서 있는 것을 보고 황급히 자리에서 일어났다. 샤론 이즈민 교수 역시 자리에서 일어나 웃음을 띠고 말했다.

"어서 오세요. 줄리어드까지 오시느라 수고 많으셨어요. 이쪽으로 앉으실까요?"

샤론 이즈민 교수의 말에 상대가 말했다.

"하하, 샤론! 오랜만이야. 이게 얼마 만이지? 유럽 투어가 4년 전이었으니, 딱 4년 만에 보는 거지?"

들어온 사내는 붉은 피부의 히스패닉계로 70세는 되어 보였지만, 꽃과 새가 잔뜩 그려진 하와이안 남방을 안에 입고 위에 갈색 코트를 입었으며, 가죽 바지에 부츠를 신고 있어 나이보다 훨씬 젊어 보였다.

목 뒤까지 내려온 검은 곱슬머리 위에 붉은색과 하얀색으로 이루어진 두건까지 쓰고 있어서 뒤에서 보면 30대로 보일 지경이었다.

샤론 이즈민은 자신에게 와 두 팔을 벌리는 남자를 살짝 안아준 후 손을 잡고 소파로 이끌었다.

건은 두 사람의 보조에 맞추어 소파 앞에 서 있었다. 앉으려던 남자가 건을 힐끗 본 후 샤론 이즈민 교수에게 의문의 눈빛을 던졌다.

샤론 이즈민 교수가 건을 가리키며 말했다.

"이쪽은 제가 가르치는 학생이고, 이름은 김 건이라고 해요."

남자는 건에게 손을 내밀며 말했다.

"아, 그렇군. 반갑습니다, 학생. 샤론에게 배우다니 행운아네요."

건이 악수를 하며 웃었다.

"네, 영광으로 생각하고 있습니다."

사내가 웃으며 자리에 앉아서는 앞에 놓인 커피를 보고 잔에 손을 대었다.

"오, 센스 있네. 내가 올 시간에 맞춰서 내렸나 봐? 따뜻한 걸 보니."

샤론이 웃으며 말했다.

"언제나 시간 약속은 칼 같이 지키시는 분이었잖아요. 늦는 일이 없으셨으니까요."

사내가 씩 웃으며 커피를 한 모금 마신 후 잔을 든 채 말했다.

"내가 말했던 건 생각해 봤어?"

샤론이 웃음을 띤 채 고개를 끄덕였다.

"네, 할게요. 그런데 녹음이 언제인가요?"

사내는 샤론의 허락에 잠시 기쁜 표정을 지었지만, 곧 심각한 표정이 되어 커피잔을 내려놓았다.

"후…… 그게 문제가 좀 생겼어. 앤디 알지? 앤디 베거스."

샤론이 고개를 끄덕이자 사내가 말을 이었다.

"앤디가 목을 다쳤어. 이제 늙어서 회복이 쉽지 않다고 하네. 아무래도 이번 앨범은 객원을 써야 할까 봐."

샤론이 놀란 표정으로 물었다.

"네? 앤디 씨가요? 왜요?"

사내가 소파에 등을 기댄 후 팔을 의자 등 받침에 올리며 말했다.

"얼마 전 칸쿤의 BPM 페스티벌에서 총기 난사 사건이 있었던 것 알지?"

샤론이 깜짝 놀라며 사내의 팔을 잡았다.

"예? 설마, 거기서 다친 거예요? 얼마나요, 앤디 씨는 괜찮나요?"

사내가 피식 웃으며 말했다.

"총 맞은 건 아니니까 걱정 마. 다 늙은 놈이 뭐 얻어먹을 게 있어서 젊은 애들이 좋아하는 EDM DJ 축제에 갔는지 모르지만, 거기서 총기 난사 사건이 일어날 때 피하며 바닥을 굴렀다나 봐. 늙어서 이제 그런 동작이 쉽진 않았겠지. 여튼, 구르고 난 후 턱과 목 부분을 바 모서리에 찍었다고 하네. 그 이후에 목 깁스를 하고 입원한 상태야."

샤론이 한숨을 쉬며 말했다.

"아, 성대를 다치신 건 아니군요? 괜찮으시대요?"

사내가 고개를 끄덕이며 말을 받았다.

"응, 여기 오기 전에 보고 왔지. 멀쩡해, 아직도 간호사 엉덩이 보고 정신 못 차리는 걸 보면."

샤론이 앤디의 캐릭터를 떠올리고는 손을 입으로 가리고 웃었다.

"호호, 다행이네요. 그럼 보컬은 구하셨어요?"

사내가 고개를 저으며 한숨을 지었다.

"아니, 아직. 하겠다는 놈은 많지. 마음에 드는 놈이 없어서 문제지."

샤론이 문득 가만히 옆에서 대화를 듣고 있던 건을 보았다. 한참 건을 살핀 샤론이 장난스러운 웃음을 지었다. 건은 샤론의 웃음이 무슨 뜻인지 몰라 어리둥절했다.

"오디션 한번 보실래요? 여기 학생 중에도 괜찮은 학생이 많은데."

사내가 눈썹을 꿈틀거리며 샤론을 쳐다보았다.

"여기 줄리어드 아냐? 성악이나 오페라 하는 학생들만 있는 거 아니었어?"

샤론이 손으로 건을 가리키며 말했다.

"여기 있네요, 그렇지 않은 학생이."

사내가 건을 돌아보자 건이 화들짝 놀라며 우물쭈물했다. 사내는 건을 아래위로 훑어보다 샤론을 보며 말했다.

"음, 확실히 여성 팬들이 좋아할 만한 외모이긴 한데…… 샤론 네 학생이면 기타학과 아닌가? 노래도 잘해?"

샤론이 사내의 팔짱을 끼며 말했다.

"한번 시험해 보시면 알겠죠? 호호."

사내가 다시 건을 보며 말했다.

"음…… 학생 생각 있어요? 보컬로 녹음 참여하는 것. 오디션을 통과한다면 보수는 섭섭하지 않게 줄게요."

건이 잠시 당황해서 우물쭈물하자 샤론이 나섰다.

"건 학생, 해 봐요. 그냥 도전하는 거니까 부담 갖지 말고. 안 되면 말면 되지 뭐. 이런 기회는 흔하지 않아요."

건이 잠시 샤론을 본 후 결정을 내린 듯 고개를 끄덕였다.

"네, 도전해 보는 것이라 생각하고 해보겠습니다, 교수님."

샤론이 웃으며 몸을 일으켰다.

"그럼 우리 스튜디오로 갈까요? 지금 이 시각이라면 빈 스튜디오가 있을 거예요."

샤론이 일어나자 사내와 건 역시 자리에서 일어났다. 사내는 건을 보며 말했다.

"아, 내 정신 좀 보게. 상대의 이름만 듣고 내 소개를 안 했군. 미안하네, 결례를 범했어."

건이 아니라는 듯 손사래를 치자 사내가 웃으며 다시 손을 내밀었다.

"반갑네. 나 카를로스 몬타나라고 하네."

건이 웃으며 사내의 손을 맞잡다가 입을 쩍 벌렸다.

"예? 카를로스 몬타나 씨요? 'MONTANA'의 리더란 말씀이세요?"

카를로스 몬타나가 피식 웃으며 고개로 나가자는 신호를 보냈다.

먼저 스튜디오에 도착한 카를로스가 샤론을 보며 말했다.

"그 학생, 노래는 좀 하나? 내가 시간 내어 볼 만한 실력이 있는 거야? 솔직히 말해 샤론의 말이 아니었다면 학생의 오디션 같은 건 보지 않았을 텐데 말이야."

샤론이 카를로스를 보며 볼을 부풀렸다.

"설마 제가 시간 낭비를 하게 하려고요? 제가 누군지 잊으셨나 봐요, 미스터 몬타나. 저 샤론 이즈민이에요."

카를로스가 두 손을 높게 들고 말했다.

"아니, 아니야. 나야 당연히 샤론을 믿지. 그런데 학생이잖아? 아무리 객원 보컬을 주로 쓰는 우리 밴드라고 해도, 유명세가 없는 보컬을 쓰는 건 모험이거든. 거기다 아직 완성되지 않은 학생의 신분이라면 의심하는 게 당연하잖아?"

샤론이 웃으며 손짓했다.

"걱정 말고, 기타나 세팅하세요. 드럼과 베이스는 담당 학과 학생들을 따로 불렀어요. 일전에 김 건 학생과 한 번 합주해 본 경험이 있는 학생들이니, 잘할 거예요."

카를로스가 고개를 갸우뚱하며 말했다.

"응? 뭘 세팅해? 그냥 오디션인데 MR 틀어두고 하면 되지."

샤론이 이를 드러내며 웃었다.

"그래요, 일단 그렇게 시작하는 건 상관없는데, 기타 세팅은 해 두시는 게 좋을걸요? 이건 미스터 몬타나를 위해 드리는 말씀이에요."

카를로스가 샤론을 빤히 보다가 어깨를 으쓱한 후 자신의 기타를 꺼내 들고 엠프와 연결하기 시작했다.

그의 가방에서 나온 기타는 자신을 상징하는 'PRS MONTANA Signature'였다. 25인치 스케일의 커스텀 모델은 금장의 색과 무척이나 잘 어울려, 라틴 록의 열정이 그대로 담겨 있는 듯했다.

잠시 후 샤론의 부름을 받은 틴드라와 사무엘이 도착해 카를로스 몬타나를 보곤 그 자리에서 굳어 버렸다.

두 사람이 환호를 지르며 카를로스에게 사인을 받는 동안 건은 도서관에서 MONTANA의 대표곡 몇 곡을 악보로 출력해 뛰어오고 있었다.

건이 달리면서도 악보에 눈을 두고 생각했다.

'Rob Thomas가 보컬에 참여한 곡은 내게 주기 어려울 거야. 48주년 베스트 앨범이면 반드시 참여할 테니까, 그렇다면 가장 유명한 곡인 Soft와 Hannah는 불러봐야 소용없을 거야. 그 외 내가 좋아하는 곡 중 녹음이 가능한 건 Love alone이겠지. 보컬에 참여했던 게 Seal이니까, 지금 파리에서 살고 있으니 녹음에 참여하긴 어렵겠지.'

건이 빠른 속도로 스튜디오에 들어가자 틴드라와 사무엘이 이미 자리를 잡고 악기를 점검하고 있었다.

사무엘은 건과 눈이 마주치자 밝은 얼굴로 눈인사하였고, 틴드라는 드럼 스틱을 손에 쥔 채 손을 흔들었다. 건이 두 사람과 눈으로 인사를 한 뒤 카를로스 몬타나를 보았다.

그는 의자에 앉아 자신의 기타를 세팅하고 있었다. 앰프를 꺼 두어 어떤 곡을 연주하는지 들을 수 없었지만, 그 모습만으로 느껴지는 포스에 큰 부담감을 가질 수밖에 없는 건이었다.

샤론이 건을 보고 미리 세워둔 마이크 스탠드를 가리키며 말했다.

"왔군요, 저쪽에 설치된 스탠드에서 노래하면 돼요."

건이 스탠드로 가기 전 프린트해 온 악보를 틴드라와 사무엘에게 주었다. 둘은 이미 알고 있는 노래여서인지 부담 없는 눈으로 고개를 끄덕이며 악보를 다시 한번 읽었다.

건이 하나 남은 악보 더미를 들고 마이크 스탠드 앞에 서자, 카를로스 몬타나가 미소 지으며 말했다.

"그래, 어떤 노래를 해볼까요? 그냥 오디션일 뿐이니 긴장하지 말고요, 보통은 MR로 하는데 샤론이 연주를 해야 한다며 학생들까지 소집했네요, 오디션 보는 사람 부담스럽게, 하하."

건은 카를로스 몬타나의 말이 들리지 않는지 악보를 넘겨 보느라 정신이 없었다. 너무 갑작스러운 일이었기에 준비하지 못했기 때문이다.

'악보의 음표가 모두 연보라색이다. 샤갈이 말한 '열렬한 사랑의 색'이야. 애타게 사랑을 갈구하는 남자의 감정이겠지? 어떻게 부르면 될까? 어떻게 하면 감정선을 살릴 수 있을까?'

샤론이 건이 자신만의 세계에 빠져 있자, 건의 곁으로 와 등을 톡톡 건드렸다.

"저, 김? 아니, 건인가?"

건이 그제야 화들짝 노라며 샤론과 카르로스 몬타나를 번갈아 쳐다보았다. 카를로스 몬타나는 그런 건의 모습을 보며 웃음을 터뜨렸다. 건의 긴장한 모습이 재미있다는 듯 손가락으로 건을 가리키며 샤론에게 웃음짓던 카를로스 몬타나가 말했다.

"으하하하, 이 학생. 긴장했나 보군요. 긴장을 좀 풀 시간을 드려야겠어요. 그런데 이름이 킴? 건? 발음이 좀 어렵군요. 건은 좀 살벌하니 애칭을 하나 지어줘도 될까요?"

건이 어정쩡한 표정으로 고개를 끄덕이자 카를로스 몬타나가 이를 드러내며 웃었다.

"킴의 앞 이니셜이 K이니, 그냥 Kay(케이)가 어때요? 실제로 그런 이름도 있고."

샤론이 마음에 든다는 듯 웃었다.

"오, 그거 좋네요. 케이! 건 학생은 어때요?"

건이 약간 긴장한 상태인지 허벅지를 긁으며 말했다.

"네, 네? 아……. 괘, 괜찮은 것 같아요."

카를로스 몬타나가 의자에 앉은 채 껄껄 웃었다.

"좋아요, 그럼 케이로 확정하죠. 샤론도 다른 학생들도 이제 케이로 부르는 겁니다? 자, 그럼 케이. 어떤 곡을 할 거죠?"

건이 자신에게 손가락을 들어 보이는 사무엘과 틴드라를 번갈아 보며 말했다.

"예, 저는 Love alone라는 노래를 해보고 싶습니다."

카를로스 몬타나가 살짝 놀랐다는 듯 말했다.

"호오, Soft나 Hannah가 아니고요? 예상외네요. 하긴 그 곡을 한다 해도 부르게 해줄 수 없었겠네요, 미치스는 앨범에 참여한다고 했으니. 좋습니다, 한번 가볼까요? 아 참, MR을 틀어 놓긴 해야겠네요. 여기에는 팀발레나 콩가가 없으니."

카를로스 몬타나가 의자에서 일어나 자신의 스마트폰을 앰프에 연결하고 조작하자, 곧 앰프를 통해 시작을 알리는 드럼 하이헤트 소리가 들렸다.

카를로스 몬타나가 다시 자리에 앉아 자신의 기타를 붙잡고 샤론을 보았다. 샤론이 클래식 기타로 시작을 알리고, 곧 MR에서 라틴 록 특유의 팀발레와 콩가 소리가 울려 나왔다.

곧 눈을 감은 카를로스 몬타나의 기타 솔로가 연주되었고, 그와 동시에 베이스와 드럼이 합류하였다.

건은 연주가 시작되는 내내 멀리서 지켜보아야 하는 상상 속의 여인을 그렸다. 카를로스 몬타나는 보컬 합류 지점이 다가오자 귀를 열어두고 눈은 그대로 감고 있었다.

마침내 보컬이 들어갈 차례가 되고, 건의 보컬이 마이크를 통해 울려 퍼졌다.

Stay with me, I want to tell you.
(내 곁에 남아줘요, 내가 당신에게 말하고 싶은 말이에요.)
……:

건을 보고 있던 카를로스 몬타나의 눈이 커졌다. 그는 건의 노래하는 모습을 보다 샤론을 돌아보았다. 샤론은 클래식 기타를 연주하며 카를로스 몬타나를 보며 눈웃음을 지었다.

카를로스 몬타나가 놀란 눈을 깜빡이다, 다시 고개를 돌려 건을 보았을 때는 이미 후렴구에 들어간 시점이었다.

You are the only one……:
(당신은 유일하지만 …….)

눈을 감은 채 1절을 끝낸 건이 후렴구 뒤로 울려 퍼지는 카를로스 몬타나의 기타 솔로에 감탄 섞인 고갯짓을 한 후 눈을 떴을 때.

건의 눈에 들어온 것은 어느새 자리에서 일어나 열정적으로 기타를 치고 있는 카를로스 몬타나의 모습이었다.

그는 눈을 감은 채 기타를 아래위로 흔들며 열정적인 연주를 하고 있었다. 눈을 돌려 샤론을 보니, 그녀는 그럴 줄 알았다는 함박웃음을 띤 채 카를로스 몬타나를 보고 있었다. 건은 약간 자신감이 생겨 남은 2절에 좀 더 감정을 실어 불렀다.

카를로스 몬타나는 노래가 끝날 때까지 자리에 앉지 않았다. 시종일관 일어나 기타를 쳤고, 결국엔 원곡에는 없는 애드리브까지 가미한 연주를 끝내고 이마에서 흘러내리는 땀을 닦았다.

땀을 닦으면서도 눈을 뜨지 않는 카를로스 몬타나에게 모두의 시선이 집중되었다.

건 역시 긴장된 마음으로 그의 입이 열리길 기다렸다.

한참의 정적이 지나가고, 음악이 주는 여운에 깊이 빠져 있던 카를로스 몬타나가 눈을 떴다.

그는 건을 쳐다본 후 샤론을 돌아보았다. 여전히 웃음을 짓고 있는 그녀를 본 카를로스 몬타나가 피식 웃었다.

그는 긴장한 채 자신을 보고 있는 건을 향해 엄지손가락을 들며 말했다.

"La mejor, increible!(최고야, 놀라워!)"

함께 긴장한 얼굴로 그를 보던 틴드라와 사무엘이 환호했다. 건은 긴장이 풀렸는지 양손을 축 늘어뜨렸다.

샤론이 카를로스 몬타나에게 웃으며 말했다.

"실망시키지 않는다고 했었죠?"

카를로스 몬타나가 어깨를 으쓱하며 말했다.

"솔직히 기대 안 했는데, 정말 깜짝 놀랐어. 역시 샤론이 소개할 만한 학생이었군!"

샤론이 웃음을 지우지 않은 채 말했다.

"그럼 함께 녹음하는 건가요?"

카를로스 몬타나가 자신의 PRS 기타를 의자 옆에 세운 후 다리를 꼬며 말했다.

"음…… 어쩌지……. 흐음."

건은 다시 바싹 긴장한 눈으로 그에게 시선을 고정했다. 한참 턱을 괴고 고민스러운 표정을 짓던 카를로스 몬타나가 샤론을 보며 한 손을 들고 말했다.

"샤론, 케이 말이야. 며칠 정도 수업에서 빼줄 수 있어? 담당 교수 재량이라면 그 정도는 가능하겠지?"

샤론이 무슨 이야기냐는 듯 궁금한 눈빛을 보내며 물었다.

"가능은 하지만…… 뉴욕에서 녹음하는 게 아니었던가요?"

카를로스 몬타나가 고개를 끄덕이며 말했다.

"응 맞아, 녹음은 여기서 할 예정이지."

샤론이 고개를 갸우뚱하며 물었다.

"그런데 왜 수업을 빼줘야 하나요?"

카를로스 몬타나가 팔짱을 끼며 말했다.

"나와 함께 시카고로 가줘야 할 것 같거든."

샤론이 놀란 눈으로 물었다.

"시카고요? 거긴 왜요?"

카를로스 몬타나가 건을 돌아보며 싱긋 웃었다."

"Lollapalooza Festival, 거기 가려면 시카고로 가야지?"

잠시 정적이 흐르고 놀란 눈을 깜빡이는 건을 보는 카를로스 몬타나가 건에게 손을 내밀었다.

"부탁해도 될까요? 아니, 부탁합니다. 우리와 함께 무대에 서 주세요, 케이."

To Be Continued

흙수저 판타지 장편소설

회귀자 사용설명서

어느 날, 이세계로 소환되었다.

짐승들이 쏟아지고, 믿을 수 없는 위기가 닥쳐오나.
가지고있는 재능은 밑바닥.

[플레이어의 재능수치는 최하입니다.]
[거의 모든 수치가 절망적입니다.]

선택받은 용사든, 재능 있는 마법사든,
시간을 역행한 회귀자든.
모든 것을 이용해야 한다.

살아남기 위해.

"쓰레기면 뭐 어떻습니까. 살아남기 위해서
뭔 짓인들 못 하겠어요?"

마운드 위의 절대자

디다트 현대 판타지 장편소설
WISHBOOKS MODERN FANTASY STORY

야구선수를 꿈꾸는 이들에게는
크게 세 가지 고비가 온다고 한다.

재능, 부상, 그리고 돈.

고등학교 2학년 때까지 야구선수를 꿈꾸었던,
그리고 그것이 자신의 인생의 전부였던 이진용.

세 가지 고비의 벽 앞에서 야구선수를 포기하고
현실에 순응하고 살아가던 진용의 앞에.

[베이스볼 매니저를 시작합니다.]
- 너 내가 보이냐?

다른 사람의 눈에는 보이지 않는
특별한 것이 보이기 시작했다.

힐통령

태양의 사제

제리엠 게임판타지 장편소설

WISHBOOKS GAME FANTASY STORY

"착하긴 뭐가 착해? 저런 퀘스트를 하는 건 착해서가 아니고
그냥 호구인 거야. 호구."

등 뒤에서 멀어지는 소리에
카이가 슬쩍 그들을 돌아봤다.

'내가 호구라고? 설마.'

[곤경에 처해 있는 NPC에게 선행을 베풀었습니다.]
[선행 스탯이 1 상승합니다.]

착한 일을 하면 보상이 따라온다?!

계산적이지만 그래서 더 선행을 할 수밖에 없는
힐이면 힐, 딜이면 딜.
힐통령 카이의 미드 온라인 정복기!